노 러브 존

작가의 말

지금 이 순간에도 누군가는 사랑을 하고 사랑을 찾는다. 하지만 사랑은 늘 기쁨만 주지 않는다. 괴로움과 상처, 절망, 후회는 물론 때로 뉴스의 사회면을 장식하는 갖가지 사건, 사고의 출발점이 되기도 한다. 그런데도 왜 우리는 끊임없이 사랑을 찾고, 사랑을 꿈꾸는 걸까?

잘된 것도 잘못된 것도 조상 탓을 한다고 했던가. 사랑도 조상 탓을 해야 할 것 같다. 애초에 그렇게 만들어 놓은 조물주 탓을. 그렇게 살라고 우리 가슴속에 사랑의 씨앗, LOVE DNA를 심어 놓은 게 틀림없으니까. 그렇지 않고서야 고차 방정식보다 더 어려운 그 복잡다단한 사랑을 하겠다고 나서지 않을 것이기 때문이다.

그만큼 조물주가 우리 가슴속에 심어 놓은 LOVE DNA는 강렬한 것 같다.

다 아는 것처럼 청소년기는 성적 욕구가 강해지고 이성에 관한 관심도 증가한다. 아울러 인생에서 가장 많은 꿈을 꾸고 판타지를 품고 사는 시기이기도 하다. 어디 그뿐인가. 대학 입시라는 대과제를 안고 사춘기 터널을 통과해야 한다.

그러니 어려움과 당혹스러움, 그 억눌림이 얼마나 클까. 참아내야 하는 인내, 꿈과 현실의 괴리, 불일치에서 오는 혼란, 낙담은 또 얼마나 크고.

그에 대한 연민, 안타까움으로 학교 안 교실에 시선을 고정했다. LOVE DNA가 어떻게 발현되고 그들이 그 시기를 어떻게 살아내고 있는지 들여다보았다.

오래전 내가 그랬던 것처럼 여의찮았다. 그동안 과학이 무섭게 발달하고, 문명 기기들이 수없이 나와 생활은 편리해졌지만, 이 부분은 편리해지고 수월해진 게 없었다. 여린 영혼들은 여전히 울퉁불퉁한 자갈길을 걷고 있었다.

안쓰러움에 한 가지 실험을 해 보기로 했다. 사랑의 에너지가 꿈틀대는 그 시기에 사랑의 스위치를 꺼 보기로 한 거다.

그래서 그들을 NO LOVE ZONE(노 러브 존)에 초대했다. 이성에 관심을 끄고, 좀 평온하고 평화롭게 살 수 있길 바라며.

예상은 맞기도 하고 틀리기도 했다. 사랑의 스위치를 끄자 사랑 밖의 세상이 보였다. 이성에 대한 관심으로 좁혀져 있던 시야가 넓어졌다. 머릿속을 산란하게 하는 고민들이 줄어들며 확실히 좀 더 평화로워졌고 편안해졌다. 당연히 고등학생의 대과제인 공부를 하기도 좀 수월해지고.

하지만 그 속에서도 누군가는 여전히 사랑을 찾고 있었다. 조물주가 심어 놓은 LOVE DNA를 거부할 수가 없었던 거다. 이길 수가 없었던 거다.

어쩌겠는가, 하는 체념이 왔다. 사람이라 어쩔 수 없고 그게 바로 사람인데.

체념 뒤에 연민은 더 깊어졌다.

부디 그들이 변화무쌍 복잡다단한 변수, X가 잠복해 있는 사랑의 고차 방정식을 잘 풀어나가길, 사춘기의 험난한 터널을 무사히 통과하기를 기원한다.

그래서 내일은 사랑에 대해 좀 더 지혜롭고 현명해지고 행복해지길.

그 길에 이 책이 조금이나마 도움이 되고, 위로가 된다면 더 바랄 게 없을 것 같다.

서석영

노 러브 존

1판 1쇄 | 2023년 4월 28일

글 | 서석영

펴낸이 | 박현진
펴낸곳 | (주)풀과바람
주소 | 경기도 파주시 회동길 329(서패동, 파주출판도시)
전화 | 031) 955-9655~6
팩스 | 031) 955-9657
출판등록 | 2000년 4월 24일 제20-328호
블로그 | blog.naver.com/grassandwind
이메일 | grassandwind@hanmail.net

편집 | 이영란
디자인 | 박기준
마케팅 | 이승민

값 13,000원
ISBN 978-89-8389-152-5 43810

※ 잘못 만들어진 책은 구입처에서 바꾸어 드립니다.

노 러브 존

서석영 · 글

풀과바람

차례

페로몬 대방출

사춘기가 시작된 걸까. 별것 아닌 일로 가슴이 설레고, 두 근거리고, 뛰었다.

'조물주가 사람을 만들 때 가슴속에 심어 놓은 사랑의 씨 앗이 발아하는 시기인가?'

그래선지 중학교 교실에선 큐피드 화살이 쉼 없이 날았다.

숫자도, 양상도 초등학교 때와는 좀 달랐다. 걔 누구랑 사 귄다는 말에 키스했대, 잤대 하는 말까지 덧붙여지곤 했다.

"야, 키스까진 몰라도 자는 건 좀 그렇지 않냐?"

"맞아. 벌써 그러는 건 좀 그래. 징그러워."

사실보다 추정, 상상일 때가 더 많았다. 사춘기를 맞아 성적 에너지는 꿈틀거리는데 그냥 사는 건 왠지 심심해서 있는 얘기 없는 얘기를 마구 섞어 떠들어 댈 때가 많았다.

하지만 선행이 빨라 이미 고등학교 과정을 다 훑은 애들처럼 연애 전선에서도 거침없이 진도를 나가는 애도 있었다.

"선우야, 넌 남친 쉽게 사귀고 그러지 않지? 엄마는 우리 딸 믿어."

난 아직 엄마 말을 잘 듣고 싶은 딸이었고, 엄마를 배신하고 싶지 않았다. 그러려면 사춘기 소녀의 가슴에서 발아하기 시작한 성적 에너지를 잘 관리해야 했다.

다행인 건 내 안에는 그보다 더 급한 목표가 있었다. 성적을 관리해 원하는 학교에 가고 싶은. 그러려면 공부에 매달려야 했고, 그러다 보니 남자를 사귀고 하는 건 자연 뒤로 밀려났다.

그 덕이었을까. 원하던 학교에 입학했다.

기숙사가 있는 학교라 가슴이 뛰었다. 부모로부터 완전한 독립은 아니지만, 처음으로 떨어져 지내는 것에 대한 설렘과 기대가 있었다.

주말에 기숙사를 나와 집에 올 때마다 엄마는 단속했다.

"선우야, 엄마 아빠와 떨어져 생활한다고 남자 친구 사귀고 그러는 거 아니지? 고등학교 때 흔들렸다간 원하는 대학 못

가. 이성 사귀는 건 대학 가서 얼마든지 할 수 있으니까 공부에 집중해. 대학 가면 멋진 애들 엄청 많으니까."

엄마의 목표도 내가 대학 잘 가는 거였지만, 내 목표도 다르지 않았다. 물론 다른 애들 목표도 같았다. 한 가지 목표를 향해 쌈닭처럼 눈에 불을 켜고 잠자는 시간까지 아껴가며 공부를 하고 또 했다.

하지만 성적은 갈리게 마련이고 1등과 꼴찌가 있는 법. 고등학교 와서 처음 친 중간시험 결과가 나오자 아이들은 충격에 휩싸였다. 등수, 등급에 놀라 절망하고 좌절했다. 몇은 성적표를 붙들고 울고불고하고, 자퇴하는 애도 생겼다.

그 뒤로도 시험은 이어졌고 그때마다 성적은 어김없이 1등에서 꼴찌까지 줄이 세워졌다. 어디쯤이 내 위치인지 확인해 주었다.

"다들 받았지? 성적표 보면서 마음 다잡고 다시 나아가도록 하자."

선생님은 잠깐 말을 끊었다가 덧붙였다.

"그렇다고 성적에 너무 마음 쓰진 말고. 알았지?"

하지만 이게 그렇게 간단한 문제인가.

침울해 있는데 수현이가 조용히 다가왔다. '너랑 수다라도 떨어야 살 것 같아' 하는 얼굴로.

"그냥 집 근처 학교 갔어야 했나? 대학 입시 성과가 좋다고 해도 우리처럼 상위권 아닌 애들은 이 학교 다닌다고 이로울 게 없잖아."

우리라는 말이 거슬렸다. 중위권인 나를 하위권인 저와 같이 취급하는 게 싫었다. 이러는 걸 상위권 애들이 알면 자다가도 웃을 일이지만. 어쨌든 재빨리 표정을 관리하고 최소한의 호응을 해 주었다.

"그러게."

"근데 이득이 전혀 없는 건 아닌 것 같아."

"무슨 이득?"

"난 중학교 땐 성적이 좋았어."

제 자랑을 한다고 느껴졌는지, 아니면 내 의심의 눈초리를 보았는지 수현이는 말했다.

"그땐 나도 좋았다고."

"뒤늦게나마 축하해."

"너 지금 나 놀리는 거야? 지금은 아니지만 그땐 잘했다니까."

그렇게 대충 수습하더니 본론으로 들어갔다.

"사실 난 중학교 내내 왕따였어. 공부 잘한다고 아이들이 은근히 따돌렸거든. 하지만 그래도 견딜 만했어. 아이들은 날 싫어하지만 선생님들은 날 챙겨 주고 특별 대접을 해 주었거든."

"그런 게 있지. 선생님들은 공부 잘하면 잘해 주니까."

"난 요즘에서야 그 애들 마음을 이해하게 되었어."

"무슨 마음?"

"그 애들이 날 은근히 따돌리며 괴롭히고 못살게 한 거. 공부 잘하는 날 보는 게 얼마나 힘들었겠어. 날 상전으로 인정하고 모셔야 하는 그 시간이 말이야."

수현이는 잠깐 말을 끊었다가 이었다.

"이 학교에 와 하위권을 맴돌다 보니 겸손해지는 거 있지. 나보다 위인 애들이 너무 많고, 해도 안 되는 것이 있다는 걸 알게 되니까 인간 이해의 폭이 넓어진다고나 할까."

'인간 이해의 폭이 넓어진' 수현이는 갑자기 댄스 동아리에 가입했다. 그러고는 멤버들과 어울려 다니며 노는 티를 냈다. 노는 애로 보이는 게 재미있고, 스스로 흐뭇한지 일부러 과하게 노는 티를 냈다.

수현이의 갑작스러운 태도 변화는 작전으로 보였다. 하위권 성적의 당위성을 마련하려는. 내가 머리 나빠서 성적이 안 좋은 게 아니라, 끼가 많아서 댄스에 열중하느라 성적이 안 좋다는 인상을 주고 싶은. 내 꼬부라진 해석일 수도 있지만 어쨌든 내 눈엔 그래 보였다.

온종일 의자에 앉아 엉덩이 싸움을 하노라면 십 대를 꼭 이렇게 보내야 하나, 이렇게 보내는 게 최선인가, 하는 회의가 밀려오곤 했다. 그런 중에도 누군가는 경시대회에 나가서 좋은 성적을 거둬 스펙을 관리했다. 그걸 보면 정신이 번쩍 들었다. 성적이 위든 아래든 각자 자기 위치에서 살 궁리를 할 수밖에 없었다.

살 궁리는 다른 측면에서도 시도되고 있었다. 이성을 사귀는 애들이 늘어갔다. 꾹꾹 참고 공부해 좋은 대학 가서 연애하겠다는 다짐들이 조금씩 흔들리기 시작했다.

물론 그전에도 이성을 사귀는 애들은 있었지만, 그 수가 확실히 늘었다. 정확히 그 연결 고리를 찾을 순 없지만, 연애라도 해야 숨통이 트이고 안 그러면 숨이 막혀 죽을 것 같으니까. 그리고 공부, 성적 앞에서 맞닥뜨리는 긴장, 충격을 누그러뜨릴 수 있는 완충재 같은 게 필요하기도 하고.

'연애하면서 공부도 잘하면 더 좋은 거 아닐까?'

실패, 좌절감을 함께 나누고 위로받고 싶은지 비 온 뒤 새싹이 고개를 내밀 듯 커플들이 늘어갔다.

그쯤이었다. 졸업한 선배 누구누구는 3년 내내 지고지순한 사랑을 나눈 커플이었는데 성적도 좋아 둘 다 서울대에 들어가 지금도 잘 사귀고 있다는 소문이 돌았다. 그러자 가짜 뉴스처럼 고등학교 시절 연애했지만, 성공한 커플 수가 점점 많아졌다. 공부도 잘하면서 연애까지 잘하는 건 모두가 바라는 거고, 그 심리와 기대로 없는 얘기를 지어내는 건지도 몰랐다.

그때 등장한 게 '유유 커플'이었다. 공부도 상위권에 예쁘고 잘생긴 유진과 유호 선배가 현실에 나타난 것. 누가 봐도 멋있고 연애를 상상할 때 꿈꾸는 커플이었다.

애들은 심하게 흔들렸다. 동시에 대학이라는 목표로, 성적에 대한 압박감으로 눌러놓은 에너지가 폭발했다. 이성을 유인하고 유혹하는 성페로몬의 대방출이랄까. 학교가, 교실이 연애 배양 접시가 된 듯 훈훈했다. 큐피드 화살이 쉼 없이 날았다.

이런 분위기다 보니 혼자인 게 싫고, 솔로인 게 견디기 힘들어 큐피드 화살을 투척하기도 했다. 누구에게든 던지고 봐야 했고, 누가 됐든 이성을 사귀어야 하는 기류가 형성된 거다. 그러다 보니 처음으로 이성을 사귀는 애들도 적지 않았다.

이런 분위기에서 가만있자니 편치 않았다. 나는 뭔가? 누구도 선택하지 않고 아무도 선택하지 않는 내가 정상인가.

나머지 같고 무지렁이, 무정란으로 낙인되는 것 같아 편치 않았다.

정작 사귀고 싶은 애가 없는데도 사귀어야 할 것 같은 분위기였다. 이성을 사귀는 게 내가 누구인가, 정체성을 확인하는 작업처럼 보이기도 했으니까.

발 빠른 수현이는 성준이랑 커플이 되었다.

'댄스 동아리에 가입해 그동안 노는 티를 팍팍 낸 효과인가? 그렇다면 나도?'

하지만 난 몸놀림에 젬병이라 가입조차 안 될 거고, 수현이를 따라 한다는 게 자존심이 상해 스스로 허락할 수 없었다. 사람은 죽는 순간까지 자존심이니까.

수현이는 성준이와 커플이 되고선 행복한지 잘 웃었다. 성준이 때문인지 나를 전처럼 찾지 않고 나한테 매달리지 않았다. 성준이랑 사귀고부터는 수현이랑 수다를 떨래도 눈치가 보였다.

'얘 지금 성준이한테 가고 싶은 거 아니야?'

물론 그런 중에도 흔들리지 않는 몇이 있었다. 최고 대학 최고 학과가 예정된 몇은 이런 분위기에서도 굳건히 혼자였다.

'내가 중딩 시절 흔들리지 않은 것처럼 그들에겐 그리 어려

운 일이 아닐 거야. 공부가, 성적이 사람을 잡아 주는 역할을
하니까. 그리고 성적만으로도 든든할 테니까.'

나는 여전히 혼자였다.

'나는 뭐지? 연애를 거부할 만큼 성적이 뛰어나지도 않은데
난 왜 혼자지? 나도 실패와 좌절을 위로받고 용기를 얻고 싶
은데.'

혼자인 내가 할 수 있는 건 공부밖에 없었다. 그런데 자습
실에서 앉아 있어도 공부가 되지 않았다. 선생님께 허락을 받
고 기숙사 방에 먼저 들어갔다. 입실 시간보다 먼저 들어가면
룸메이트가 오기 전에 혼자 있을 수 있으니까.

기숙사 방에서 혼자 해도 공부가 되지 않았다. 글자가 흐
릿해지고, 눈을 크게 떠 글자를 분별해내도 의미로 합성되지
않았다.

'이러다 인서울도 못 하는 거 아냐? 정신을 차려야 해.'

다시 책을 챙겨 자습실로 내려가는데 동원이가 계단에 서
있었다.

"기숙사에 있었어?"

"응, 공부가 안돼서."

며칠 뒤 자습실에 앉아 있는데 동원이가 다가오더니 쪽지
를 건넸다.

나랑 잠깐 운동장에서 산책 좀 하고 들어올래?

잘됐다 싶었다. 앉아 있어도 공부가 안될 때는 뇌에 산소를 공급하는 게 좋을 수 있으니까.

운동장에 나오니 시원해서 좋았다. 머리도 상쾌해졌다.

"아까 매점에서 샀는데 이거 먹어볼래?"

동원이는 초콜릿을 내밀었다. 그렇고 그런 초콜릿이었지만 생각이 스쳤다.

'썸 타는 거 아냐? 나랑 사귀자는 뜻?'

운동장 몇 바퀴를 천천히 돌다가 자습실을 향했다. 자습실에 거의 다 올 무렵, 동원이가 말했다.

"선우야, 우리 내일 아침 6시에 나와서 공부할래?"

진도가 너무 빠른 것 아니야, 하는 생각이 들었지만 싫지 않았다. 내게도 썸 타는 애가 생겼고, 내가 무정란이 아닌 게 증명된 거니까. 의도를 알면서 물었다.

"새벽에 같이 공부하자고?"

"응. 우리 같이 공부 프로젝트 하자. 날마다 6시에 일어나 자습실에서 새벽 공부하는."

"좋은데. 나도 맨날 맘은 먹지만 한 번도 못했거든."

그렇게 시나브로 동원이와 난 사귀는 사이가 되었다. 같이 공부하고, 산책하고, 고민을 나누는. 확실히 혼자일 때보다는 긴장이 완화되고 마음이 편안해졌다.

물론 엄마가 알면 펄쩍 뛸 일이다. 엄마, 아빠는 고등학교 때부터 연애했고 그러다 결혼했으면서 난 절대 해선 안 될 일이다. 나는 다르게 살아야 하고 훨씬 똑똑한 여자가 되어야 하니 고딩 연애는 절대 금지 항목이다.

그런데 막상 동원이랑 커플이 되었지만 난 마음이 크게 흔들리지 않았다. 공부에 크게 방해되는 것 같지도 않았다. 나도 그냥 사귀는 애가 있다는 인증 정도면 됐다 싶었다.

하지만 엄밀히 말하면 동원이는 내 첫사랑이다. 혼자 썸타는 것 말곤 내가 처음으로 사귀는 거니까. 동원이도 이성을 처음 사귀는 거라고 했다.

중간에 발각되거나 스스로 밝히거나 공개 연애를 시작한 연예인 커플들은 말하곤 한다.

"예쁘게 사귈 테니 지켜봐 주세요."

예쁘게 사귀는 게 어떤 것인지 정확히 모르겠다. 하지만 나도 예쁘게 사귀고 싶다.

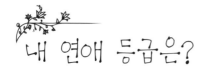

내 연애 등급은?

수현이는 호들갑을 떨었다.

"선우야, 너도 드디어 남친이 생겼구나. 너무 좋다. 웰컴 투 러브 월드."

'늘 같이 다니던 나를 두고 남친인 성준이랑 붙어 있으려니 부담이었나?'

여자애들은 남친을 사귀기 시작하면 모든 걸 같이 하길 원한다. 같이 밥 먹고, 같이 공부하고. 좋아서 그런 것 같기도 하고 '나도 남친 있어' 공표하고 보여 주고 싶어 그런 거 같기도 하다.

수현이도 성준이랑 사귀면서 공부를 같이했다. 그러자 내게 더는 안 풀리는 문제를 내밀지 않았다. 나보다 공부 잘하는 성준이가 곁에 있으니 그럴 필요가 없었던 것.

고딩들의 애정 전선에는 자기가 잘하는 과목을 알려 주고 도움받고 하면서 사랑이 돈독해지는 특징이 있다. 우리의 목표는 항상 좋은 대학 가는 것으로 귀결되고 남친이, 여친이 거기 도움이 되면 더 좋은 짝인 셈이니까.

그렇게 되면 어른들의 오래된 편견, 오해를 깰 수 있다. 연애하면 집중력이 흐려져 성적이 떨어진다는. 어릴 때부터 말 잘 듣는 애로 커온 터라 연애를 하면 부담이 큰데 그걸 덜 수 있는 거다. 그런데 성적까지 오른다면 일거양득, 임도 보고 뽕도 따는 전략이다.

남친이랑 모든 걸 함께하고 싶지만, 안 되는 게 있다. 화장실엔 같이 갈 수 없다. 그러다 보니 수현이는 화장실 갈 때만 나를 찾았다. 화장실 용 친구가 된 거다.

그 점이 미안했나 보다. 사실 나도 좀 찜찜했다. 그런데 나도 이제 남친이 생겼고 화장실 갈 때만 수현이를 찾으니 똑같이 된 거다.

남친이랑 같이 있으면 특별한 걸 안 해도 혼자란 생각이 들지 않았다. 부모님 말고도 나를 생각해 주는 사람이 이 세상에 하나 더 있다는 게 든든하고 좋았다.

수현이는 가끔 물었다.

"너희 진도 어디까지 나갔어?"

"어디까지 나가긴. 자습 시간에 같이 공부하고, 쉴 때 같이 산책하고 그 정도지."

"여태까지 그래? 너무 맹숭맹숭한 거 아냐? 좀 진한 사랑을 해야지."

수현이는 먼저 사귀기 시작했다고 연애에선 선배 노릇을 하려 했다.

"난 지금이 좋은데. 진한 사랑은 대학 가서 하면 되잖아."

연애에 빠져 공부도 성적도 대학도 다 놔 버린, 둘만 있으면 된다는 듯, 눈빛마저 이 세상 사람이 아닌 커플이 간혹 있었다. 그들을 보며 난 다짐했다. 연애를 해도 저렇게는 안 되겠다고.

"그래, 많이 아껴라. 죽으면 썩을 몸뚱이."

기분이 상한 걸까, 수준이 낮아서 답답하다는 걸까. 수현이는 시선을 딴 데 돌렸다가 다시 입을 열었다.

"난 성준이한테 진짜 도움을 많이 받아. 내가 모르는 걸 알려 줄 때가 많거든. 과제를 할 때도 도움이 많이 되고."

갑자기 정신이 번쩍 들었다.

'얘가 지금 무슨 말을 하고 싶은 거지?'

깊이 생각해 볼 것도 없었다. 수현이는 동원이가 나보다 공부를 못하고, 내가 지금 공부 못하는 애랑 사귀고 있다, 자기는 공부 잘하는 성준이랑 사귀고 있으니 나보다 더 괜찮은 연애를 하고 있다고 말하고 싶은 거다.

갓 시작한 내 연애를 깔보는 것 같아 기분이 상했다. 화가 났다.

"너 지금 동원이는 공부 못한다고 말하고 싶은 거야? 넌 공부 잘해?"

상처받은 수현이도 물러나지 않고 말했다.

"솔직히 말하면 너희 커플보단 우리가 위긴 위잖아."

"뭐라고? 너 지금 성적으로 커플 등급이라도 매기겠다는 거야? 너나 잘해. 성준이 성적이 네 성적은 아니잖아."

도토리 키 재기지만 그래도 내 성적이 저보단 위라는 걸 상기시킬 생각으로 독하게 쏘아붙였다. 한 방 되게 맞은 수현이는 독침을 쏘았다.

"넌 나보다 성적이 조금 낮지만, 네 연애 등급은 나보다 한 수 아래인 것 몰라? 진짜 그런 생각 안 드냐고? 좀 솔직해져 봐. 혹시 일부러 모르는 척하는 건 아니지? 그래야 마음 편하니까."

수현이는 쏘아붙이더니 팽 돌아서 갔다.

해석과 깨달음은 내 몫이었다. 페로몬이 범람하는, 큐피드 화살이 난무하는 교실, 끊임없이 커플이 양산되는 러브 팩토리에서도 나름 작동 원리가 있었던 것. 상대의 성적이나 외모, 가정 형편 등으로 연애의 등급이 매겨지고, 그 등급으로 평가되는.

그 점에서 난 완전 꽝이었다. 동원이는 누구도 경쟁자로 여기지 않을 만큼 성적이 하위권이었다. 진로도 '공부'가 아닌 작사 작곡이었다.

'공부' 아닌 '꿈'을 찾고 싶은 건 우리 모두의 희망이다. 동시에 평범한 애들에겐 위험한 바이러스다. 그쪽으로 꿈이 기울고 들락거리다 보면 성적에선 낙오의 미끄럼을 탈 수 있으니까.

진로를 작사 작곡 쪽으로 정해선지, 아니면 성적이 나빠 그쪽을 택한 건지는 모르지만 동원이 본인도 성적에 개의치 않았다.

성적에 관심이 없고, 진로가 공부 쪽이 아닌 애는 경쟁심으로 바짝 긴장한 애들에겐 스펀지다. 보면 마음이 편해지고 한숨 돌릴 수 있는.

수현이 말이 머릿속을 맴돌았다. 연애에도 등급이 있다는. 난 동원이밖에, 그 정도밖에 사귈 수 없는 등급이었나. 무엇이 그 등급을 결정하는 거지? 하여튼 난 선택했고 그게 내 등급이 돼 버렸다는 뜻인가.

뒤늦게 돌아보니 여자애들 사이에선 '전교 몇 등 남자와 사귀나'는 중요 관심사였고 늘 화젯거리였다. 자기 정체성의 확인이었던 것. 그렇다 보니 누굴 사귀냐에 따라 급 자신감이 치솟는 애가 있고, 어떤 애는 욕심 없는, 사랑밖에 모르는 순정파로 분류, 규정되기도 했다.

결혼 시장도 아니고, 직장인도 대학생도 아닌, 고작 고등학생들의 연애에도 등급이 있고, 그 게임에서 난 밑바닥이라는, 현타(현실 자각 타임)가 주는 깨달음은 썼다.

갓 연애를 시작한 마음이 싸늘하게 식었다. 싹트기 시작한 첫사랑이 냉동고에 넣어진 것처럼.

동원이의 매력은 증발했고, 그의 사랑은 하찮아졌다. 용돈을 아껴 내게 선물을 주고 잠자는 시간을 아껴 긴 편지를 써 주어도 마음이 동하지 않았다. 설레지 않았다. 설레지 않으면 사랑이 아니라는 말이 자꾸 머릿속을 맴돌았다.

동원이는 걱정이 가득한 얼굴로 묻곤 했다.

"마음이 변한 거야?"

"그건 아냐"

"그럼 뭐야? 혹시 내가 잘못한 것 있어? 말해 주면 고칠게."

할 말을 찾지 못하고 매번 말할 뿐이었다.

"잘못한 것 없어. 요즘 내가 그냥 좀 그래."

연애에도 등급이 있다는 걸 뒤늦게 깨닫고 괴로워하고 있다는 걸 알 리 없는 동원이는 사랑의 말이 가득한 일기장을 보여 주었다. 다 나에 관한 얘기였다.

'오늘은 꼭 말해야겠어. 그만 사귀자고.'

하지만 나만 사랑하고 나만 생각하고 살겠다는 그의 눈빛을 보면 입 밖으로 말이 나오지 않았다. '진한 사이도 아닌데 굳이 헤어지자고 말을 해야 하나?' 하는 생각도 들었다.

수현이와 난 서로 잡아 죽이지 못해 안달이 나, 서로 독침을 날린 그날 이후 서먹했다. 복도에서 마주쳐도 거의 아는 체도 하지 않았다. 우리 우정은 그랬다. 화장실까지 같이 가는 사이여도 가끔 독침을 날리고 주고받는.

그러던 어느 날 수현이가 다가오더니 말을 걸었다.

"선우야, 나 성준이랑 헤어졌어."

예상치 못한 반전이었다. 하지만 놀란 티를 내지 않으려고 가만있었다. 말이 없자 수현이는 답답한지 말했다.

"나 성준이랑 헤어졌다고. 빅뉴스 아냐?"

그러고는 씨익 웃었다.

"세상 다 얻은 것처럼 의기양양하더니 웬일이야?"

"너무 잘난 척해서."

그 말 한마디로 사과가 되었고, 우정은 다시 회복되었다.

난 동원이보다 수현이랑 같이 있는 시간이 더 많았고, 그 시간이 좋았다.

중간에서 벙찌게 된 건 동원이었다. 그렇다고 동성끼리 친하게 지내는 걸 탓할 수도 없자 소 닭 보듯 얼빠진 신세가 되었다.

사실 수현이와 더 친한 척하고, 더 많은 시간을 보낸 건 연출 측면도 있었다. 그걸 보면서 동원이가 우리 사이가 끝났다는 걸 알아채게 하려는.

얼마나 지났을까. 수다를 떨며 시시덕거리던 수현이가 대뜸 말했다.

"너 동원이랑 끝냈어?"

"헤어지자는 말은 안 했지만 이미 헤어진 거나 마찬가지야."

"내 보기에 동원이는 아직 아닌 것 같던데?"

수현이는 내가 의심스럽다는 얼굴로 말했다.

"더는 좋아하지 않으면서 남자가 네게서 못 헤어나고 매달리는 걸 즐기는 심보는 아니고?"

"그게 무슨 말이야. 전혀 그런 거 없어."

"그럼 분명히 말해. 그래야 피해를 덜 주거든."

"어떻게 말해야 할지 모르겠어. 사실 그걸 몰라 지금까지 온 것도 있거든."

수현이는 확실한 정답이 있는데 뭘 답답하게 고민하냐는 투로 말했다.

"공부 핑계 대. 우리 같은 고딩에겐 그보다 좋은 핑계가 없잖아. 또 그게 제일 상처를 덜 주는 말이기도 하고."

더 고민하면 말하지 못하게 될까 봐 말해 버렸다. 공부 때문에 헤어져야 할 것 같다고.

하지만 수현이 말대로 흘러가지 않았다.

동원이는 공부 때문에 헤어지자는 말에 더 큰 상처를 받았는지 굳은 얼굴로 말했다.

"네 공부 땜에 내 공부 땜에?"

"우리 둘 다."

"그건 아닌 것 같지만 알았어. 어쨌든 알았다고."

동원이는 전에 보지 못했던 차가운 얼굴로 말했다.

공부는 동원이나 나에게 아킬레스건이었던 것.

하지만 번복하지 않기로 했다. 오락가락하면 이상한 사람

이 될 것 같아서. 그리고 사랑의 끝은 누구에게나 아플 거라
는 생각으로.

러브 헌터

수현이는 정보통이었다. 누가 누구랑 썸을 타고, 지금 사귀기 직전이고, 어느 시점 어떤 일을 계기로 연인 관계가 되었는지 다 꿸 정도로 소리 소문에 밝고 상황 파악에 능했다. 누가 누구랑 키스했고 잤는지 키스 맵, 섹스 맵이 머릿속에 다 들어 있을 정도로 애들의 애정 전선, 그 변화 추이가 시시각각 눈과 귀, 입에서 바로바로 업데이트되었다. 그러니 수현이랑 있으면 심심할 틈이 없었다.

'사귀든 말든, 남 연애사에 저렇게 관심 둘 필요가 있나. 남들이 주고받는 시시껄렁한 감정선까지 알아야 할 필요가 뭐 있냐고? 그럴 시간 있으면 공부나 하지. 영어, 수학의 감정선

까지 읽으면 점수 엄청 오를 텐데.'

수현이는 남친과 헤어지자 남친에게 쓰던 시간과 관심을 온통 남의 연애사로 채웠다.

그렇게도 남 이야기, 남의 연애사를 시시콜콜 꾀던 수현이가 제 얘기를 하기 시작했다. 그 유명한 3학년 정후 선배랑 썸을 타기 시작했다는 거다.

"정말이야? 너 괜히 상상 속에서 소설 쓰는 거 아냐?"

남의 연애사에 집중하다가 지쳐 제 얘기를 날조한 것 같아 떠보았다. 남이 주인공인 얘기를 만날 하다 보면 내가 지금 뭐 하고 있나 현타가 오고 그러다 보면 자신이 주인공인 얘기를 하고 싶을 테니까. 사춘기 소녀들은 그렇게 없는 상대를 만들어 상상으로 사랑 이야기를 쓰고, 주변에 떠벌리는 허언증에 빠지기도 하니까.

"정말이래도."

하지만 난 수현이 말을 믿을 수 없었다.

상냥함은 찾아볼 수가 없을 정도로 쌀쌀맞고 인정 없어 보이는, 3학년이라고 우릴 초등학생 대하듯 한참 어린애로 깔보는, 못생긴 건 아니지만 눈 아래 다크서클이 어둠의 그림자처럼 내려와 약간 무섭고 섬뜩하게 느껴지는 선배가 아닌가.

"쌀쌀맞고 까칠한 그 선배가 널 좋아한다는 거야? 너 혹시 짝사랑하는 거 아냐. 혼자 좋아해 지어낸 얘기 아니냐고?"

사춘기 소녀들 가슴에 있는 사랑, 연애에 대한 판타지, 가끔 현실과 상상의 세계를 구분 못 하는 증상을 알기에 물었다.

"아직 확실한 건 아니지만 눈빛이나 말투가 달랐다니까 그러네."

"그 선배 눈빛 좀 무섭고 징그럽지 않냐. 말투는 엄청 싸가지 없고. 여자를 완전 개무시하잖아. 조선 시대 꼰대처럼."

"여자 무시하는 건 나도 알아. 3학년 언니가 그러는데 모둠 과제 할 때도 여자 멤버들한텐 안 맡긴대. 여자들은 손도 못 대게 하고 자기 혼자 다 한대. 나눠서 해도 여럿이서 해도 며칠 걸릴 것을 혼자 해 버리는데 점수는 또 잘 받는다고 하더라고."

"그건 좋은 거 아냐? 자기 혼자 알아서 다 하는데 점수까지 잘 받으면. 팀원들이야 나쁠 게 없잖아."

"좋을 거 같지? 근데 언니들 말 들어보니까 좋기만 한 건 아닌가 봐. 여자를 후려치고 너희 능력이 안 되니 건들지 말라고 과제에서 뺀 거니까. 이상한 건 그렇게 싹 무시하고 후려치는 게 싫으면서도 능력 있어 보이고, 의존하게 된다는 거야.

선생님이 조별 과제를 내주면 이번에도 혼자 다 할 테니 난 편해서 좋고, 또 좋은 점수 받겠네 하면서."

그 시점에서 의문이 생겼다. 그렇게 잘 알면서 왜 그 선배랑 썸을 타는지. 눈치 9단인 수현이는 내 얼굴의 의문 부호를 읽었는지 말했다.

"그 점이 맘에 들어."

난 놀라서 물었다.

"여자 후려치고, 개무시하는 게 맘에 든다고?"

"그런 사람이 내게 관심을 두는 게. 그건 내게 그만큼, 다른 여자에게 없는 특별한 매력이 있다는 거잖아."

얘가 미쳤나, 싶었다.

하지만 제정신으로 하기 힘든 게 연애고 조금은 미쳐야 잘 돌아가는 게 연애 수레바퀴니까. 자신을 과대평가하고, 자신을 구름 위에 올려놓는 과대망상도 사춘기 소녀의 특징이고.

"내 취향은 나쁜 남자인가 봐. 이번에 알았어. 어쩐지 나쁜 남자에게 끌리더라고. 나쁜 남자랑 진하게 아픈 사랑을 하고 싶어."

내가 남의 연애사에 너무 감정 이입, 몰입하고 있는 건 아닌가 하는 생각이 들었다. 그래서 왈가왈부 내 의견을 말하는 대신 말했다.

"그래라. 진하게 아픈 사랑 실컷 해."

수현이는 불 속에 뛰어드는 불나방처럼 새로운 연애에 뛰어들었다.

그 뒤로 수현이는 내가 청하지 않아도, 연애 과정을 시시콜콜 중계했다.

"정후 선배 되게 쌀쌀맞게 보이잖아. 근데 실제로는 따뜻하고 엄청 다정해. 완전 츤데레야."

"츤데레?"

"만화나 드라마의 그런 캐릭터 있잖아. 쌀쌀맞고 완전 까칠해 보이는데 속마음은 따뜻하고 다정한. 그런 남자라니까."

개똥 씹은 듯한 내 얼굴을 봤는지 수현이는 열을 올렸다.

"정말이야. 그 선배가 나한테 어떻게 한 줄 알아? 밤에 운동장에서 산책하다 벤치에 앉아 있는데 다가오더니 말하더라고. '야, 춥냐?' 그러면서 자기 외투를 벗어 주는 거 있지."

수현이는 그쯤에서 팔짝팔짝 뛰었다. 십 대 소녀처럼. 고딩이지만 10대는 10대니까.

"나한테 외투를 걸쳐 주었다니까. 다른 사람도 아니고 그 선배가. 카리스마 완전 쩔지?"

차가운 남자가 신호를 보낼 만큼 자신이 특별한 매력이 있다고 착각하고 있는 게 틀림없었다.

"그래서 사귀기로 한 거야?"

"당연."

연애의 기호, 신호 체계가 궁금했다.

"그걸 어떻게 아는데?"

"내가 오빠라고 불러도 되냐고 물었더니 뭐란 줄 알아? '당연' 그러더라고. 어쩜 말 한마디, 행동 하나가 그렇게 카리스마가 있냐."

그날로 정후 선배는 수현이의 오빠가 되었다.

"그 오빠 진도 정말 빨라. 며칠 만에 키스하고 잤다니까. 진짜 카리스마 쩔어."

굳이 듣고 싶은 않은 TMI(너무 과한 정보)를 쏟아냈다. 난 그것보다 장소가 궁금했다.

"학교에서? 학교 어디서?"

수현이는 태연히 말했다.

"기숙사에서도 하고, 학교 건물 옥상에서도 했지."

"기숙사에서? 룸메이트는 어쩌고?"

수현이 눈빛이 반짝거렸다. 아무것도 모르는 숙맥한테 신천지를 알려 주는 자신이 자랑스러운 듯.

"너 기숙사 방문 손잡이에 머리 끈 걸린 것 본 적 있어?"

"본 것도 같고 아닌 것도 같고. 별로 신경 쓰지 않아서 잘 모르겠는데.”

“그게 있잖아, 그 표시였어.”

“무슨 표시?”

“나 지금 남자랑 같이 있으니 들어오지 말라는. 룸메이트에게 보내는 경고이자 부탁이지.”

“정말?”

“그렇다니까.”

수현이는 어른 행위를 먼저 한 데서 우쭐함을 느끼는지 날한 수 아래로 내려다보며 말했다. 남의 연애사를 달고 살다 스스로 주인공인 얘기를 할 수 있어 마냥 뿌듯하다는 얼굴로.

확실히 누가 누구랑 잤대, 기숙사에서 둘이 나오다 걸렸대 하는 얘기를 하는 것보다는 자신의 얘기를 하는 게 덜 처량해 보이긴 했다.

수현이는 날 가르치려는 듯 장광설을 늘어놓았다.

“역시 연애는 한 살이라도 많은 남자와 하는 게 좋은 것 같아. 너도 나도 같은 학년 애랑 사귀어 봤잖아. 그때를 생각해 봐. 애들끼리 노는 것 같고, 장난 같고, 맨날 말싸움이나 하고, 뭔가 싱겁잖아. 그런데 오빠랑 사귀는 건 다르더라고. 뭔가 진짜 사랑을 한다는 느낌이 드는 거 있지. 이런 게 진짜 사랑인가 봐. 그러니까 너도 앞으로 선배랑 사귀어. 진짜 뭔가 달라. 연애하기엔 오빠가 딱이라니까."

하지만 수현이의 진짜 사랑은 오래가지 않았다.

"츤데레인 줄 알았는데 완전 바람둥이 난봉꾼에, 섹스 킹이었어. 그 오빠랑 잔 애가 한둘이 아니래."

"정말? 완전 개세네."

제가 먼저 난봉꾼에, 섹스 킹이라고 해서 나도 마음 놓고 솔직하게 호응해 주었더니 정색하고 말했다.

"개세라니, 너 너무 심한 것 아냐?"

그 개세에게서 완전히 마음이 떠난 건 아닌가 보았다.

왜 그렇게 많은 애들이 그 개세에게 걸려드는지 이해가 되지 않았다.

"어제 야간 자율 학습 끝나고 운동장에 머리 식히려고 나갔다가 보았어. 나무 아래서 3학년 선배랑 키스하는 거. 나한테 딱 걸린 거야."

내가 반응하지 않자 수현이는 스스로 기름을 붓고 타올랐다.

"근데 나한테 걸리고도 별로 놀라지 않는 거야. 맨날 하던 짓이었던 거지."

"그래서 끝난 거야?"

"끝나고 안 끝나곤 중요하지 않아. 나랑 사귀면서 그 3학년 선배하고도 사귀었는지 그게 궁금해."

"그 선배랑 키스하는 봤다며. 그럼 당연히 그 선배랑도 사귄 거 아냐?"

"그렇게 볼 수만은 없지. 선배랑은 진지하게 사귀진 않고 키스만 한 것일 수 있잖아."

"도대체 그게 무슨 말이야?"

"따져 물어도 가만있더니 한마디 하더라고. 싫으면 관두라고. 관두면 될 거 아니냐고."

수현이는 다른 여자랑 키스하는 걸 보고도 그를 만났다. 끝을 내지 않았다.

수현이뿐이 아니었다. 그와 사귀는 여자애들은 그와 사귀었다는 걸 대놓고 말했다. 그와 사귄 여자 중 하나일 뿐인데도 그게 무슨 명예라도 되는 듯이.

"나도 사귀었어."

"너도? 나도 사귀었는데."

분명 그에겐 야수의 매력 같은 게 있나 보다. 술도 잘 마시고 여자를 바꿔가며 거침없이 스킨십을 하고 다니는 그가 벌써 대학생처럼 보이고 자유인으로 보이는. 그런 그와 사귀는 자기 또한 벌써 대학생이나 고딩의 족쇄를 벗어 던진 자유인이 된 듯한 착각에 빠지게 되고, 거침없이 대담한 연애를 하는 자신이 영화의 주인공이 된 듯 환상에 빠지게 하는 매력이.

수현이는 그가 계속 여자를 바꾸는 데도 떨어져 나오지 않았다. 그럴수록 그에게 더 매달렸다. 자신이 힘들수록 '진짜 사랑'을 하고 있다고 생각하는 것 같았다.

"기다릴 거야. 언젠가 돌아오겠지."

"우리 학교만 해도 여자애가 얼마나 많은데. 다 집적거리다 돌아올 때까지 기다린다는 거야? 현대판 열녀 나셨네. 열녀 나셨어."

수현이는 그 말에도 상처받지 않았다.

"언젠간 오빠가 내 마음을 알아주겠지. 정말 그러지 않을까?"

수현이는 옛날 드라마, 신파극의 슬픈 여주인공이 된 듯 말했다.

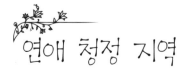

연애 청정 지역

고등학생들의 연애도 여러 부류가 있다. 오로지 온리 원 온리 유에 집중하는 순정파도 있고, 용솟음치는 사춘기의 성적 에너지를 발산, 분출하느라 바쁜 애들도 있었다. 맛집 찾아다니듯 괜찮은 애 없나 서치라이트를 켜고 상대를 찾아다니는 애들도 있고, 순전히 돌려막기에만 관심이 있는 애들도 있다.

사춘기를 맞아 큐피드의 화살이 과도하게 낭비되는 속에서도 연애 청정 지역은 있었다. 아무도 찾지 않아 버려진 섬도 있고, 모두가 원하지만 아무도 허락하지 않는, 철벽 치고 나 홀로 고고한 섬도 있었다.

명석 선배는 모두가 부러워하는 선망의 대상이었다. 항상

1등 자리를 놓치지 않으면서도 여유가 넘쳤다. 수학, 과학은 초등학교 때부터 대학 영재 교육원을 다니며 이미 다 공부한 터라 우리처럼 새로운 내용을 깨우치고 익히느라 터덕거리며 힘을 쏟을 필요가 없었다. 학교에선 그저 시간을 보내며 이미 다 아는 내용을 복습하면서 시험에서 실수 없이 좋은 점수를 받아내면 되었다. 성적이 안정적이니 기다리기만 하면 되었다. 시간이 지나면 모두가 선망하는 대학의 의대생이 될 걸 누구도 의심하지 않았다.

그는 할아버지가 병원장이고 아버지가 의사라고 했다. 그러니까 그는 이담에 의사가 되어도 월급쟁이 의사가 아닌, 병원을 물려받는 미래가 보장된 의사가 될 것이다.

선배는 이미 다 했고 다 아는 내용이라 공부할 게 없어선지 수업이 끝나면 농구대 아래서 혼자 공을 갖고 놀곤 했다. 다른 남자애들은 공부하느라 바쁘기도 하지만 그는 굳이 남을 찾고 남과 어울리려고 하지 않았다. 홀로 없는 상대를 생각하며 오펜스, 디펜스를 하고 슛을 하는 모습이 인상적이었다. 천재라서 외로운 소년처럼 보이기도 하고.

그가 농구 골대 아래서 마인드맵으로, 가상 상대의 동선을 그리며 농구를 할 때면 여자애들이 초파리처럼 창문에 다닥다닥 붙어 유리창 너머로 그를 시청했다.

"명석 선배 너무 멋있지 않냐?"

"저 큰 키, 저 잘생긴 얼굴, 어쩔 거야. 진짜 만화 찢고 나온 만찢남이야."

"세상 모든 걸 다 가졌어. 공부를 잘하면 못생기기라도 해야지 너무 불공평하잖아."

"만찢남에 완벽남이니 진짜 스펙 깡패야, 깡패."

"그런데 왜 혼자 저러고 있는 거야?"

명석 선배가 농구대 아래 떴다 하면 몇은 못 참겠는지 발을 동동 굴렀다. 몇은 못 참을 정도의, 한도 초과의 멋있음에 사춘기의 벌떡이는 가슴을 어쩌지 못하고 탄식했다.

"너무해. 진짜 너무해."

"맞아. 그런데 왜 혼자 저러고 있는 거야, 정말."

여럿이 하는 운동을 혼자 한다는 점이 사춘기 소녀 마음을 강하게 끌어당겼다. 그 모습이 와 달라고 자신을 부르는 것 같고, 안타까워 같이 있어 주고 싶은 충동을 유발했다.

명석 선배는 여자애들이 이러는 걸 아는지 모르는지 도대체 무표정이었다. 다른 남자애 같으면 본인이 인기 있는 줄 알면 가만있지 않았을 것이다. 꿀벌이 되어 꽃밭을 다 휘젓고 다니며 꿀을 빨아댈 것이다. 사냥을, 연애 사냥을 할 것이다. 하지만 명석 선배는 여자애들에게 도통 관심이 없었다. 다른 세상에 사는 듯 무심했다.

이 점이 여자애들의 마음을 더 끌어당겼다. 그렇게 멋있고 잘난 애가 여자들에게 관심이 없다니. 더 대단해 보이고 뭔가 성스러워 보이기까지 했다.

"명석 선배는 이 세상 사람이 아닌가 봐."

"여자애들이 좋아 어쩔 줄 모르는데 왜 저러고 있는 거지? 그게 안 보이나?"

"어릴 때부터 너무 공부만 해 공감 능력이 떨어지는지도 몰라."

"그게 무슨 말이야?"

"우리가 자기 땜에 이렇게 애가 닳는데도 가만있는 걸 보면 공감 능력이 떨어지는 거지. 타인의 아픔, 고통을 도대체 이해하지 못하는 거니까."

"이야기가 그렇게 되는 거야?"

하하 호호, 여자애들은 폭소를 터뜨렸다.

모두가 부러워하고 선망하고 한탄만 하는 건 아니었다. 몇은 청정 지역에 발을 들여놓기 위해 도전했다. 문자로, 아날로그 전략으로 편지로 좋아한다고 고백했다. 하지만 묵묵부답이었다. 상대를 다음 날 학교에서 만나도 아무 일 없는 것처럼 그 특유의 무심함으로 대할 뿐이었다.

"마음을 움직이는 게 공부밖에 없나. 돌부처도 아니고 뭐야."

"맞아, 진짜 사람을 미치게 한다니까."

어떤 애는 농구대 주변에서 내내 기다리다 그가 땀에 흠뻑 젖은 모습으로 샤워장을 향할 때 길을 막고 말했다.

"저 선배 좋아하면 안 돼요?"

"비켜."

그게 다였다. 그의 철벽을 뚫을 수 없었다. 무모하게 도전했다 나가떨어진 실패담이 낙엽처럼 쌓이자 여자애들은 체념했다.

"가까이서 그를 볼 수 있는 것만으로 만족해야지 뭐. 주변에 널린 쭈그러진 오징어들 보다가 그 선배 보면 눈 세척, 안구 세척이 되잖아."

"맞아. 그게 어디야? 그런 눈 호강이 어디 있냐고."

그날도 난 수학 문제집을 두 시간째 잡고 있었다. 중간고사가 코앞이니 할 게 많은데 고차 방정식에 막혀 너무 많은 시간을 쓰고 있었다. 끝까지 도전해 성취감을 맛보기 위해 낑낑댔지만 결국은 해결하지 못하는 나쁜 내 두뇌를 한탄하며 자습실을 나왔다.

복도 저쪽에서 명석 선배가 오고 있었다. 고개만 끄덕하면 되었다. 다른 선배들에게처럼 인사말을 건넬 필요가 없었다. 그는 그 이상은 싫어하는 타입이니까.

실패감에 절어 그를 지나쳐 가는데 그가 말했다. 잘못 들은 게 아니라면 그가 말을 한 게 분명했다. 뒤돌아보니 그가 서 있었다.

"공부 잘되냐고?"

"저야 만날 그렇죠, 뭐."

그게 시작이었다. 그는 자주 내게 알은체했고 난 그게 고맙고 그가 좋아졌다.

"선배, 이 문제 좀 풀어 줄래요?"

"당연. 근데 선배 말고, 오빠라 부를 수 없냐?"

난 내 귀를 의심했다. 그의 입에서 이런 말이 나오다니.

'그럼 저야 고맙죠.' 할 뻔했다. '오빠'라는 말에 거부감이 있는 내 입에서.

'오빠라고 불러 달라니, 그건 사귀자는 말 아냐. 그 말이 진지한 그의 입에서 나온 걸 보면 확실해. 단순히 친근하게 지내자는 말이 아니라 사귀자는 말이라고.'

간사하게도 그의 입에서 '오빠'라는 말이 나오자 싫지 않았다. 좋았다. 오빠라는 호칭은 기름이었다. 연애 열차가 궤도

위를 부드럽게 달리게 하는. 그래서 여자애들이 오빠를 찾고, 남자들이 오빠라 불러 줄 애를 좋아하나 싶었다.

연상하고 사귀자 동원이랑 사귈 때와는 역시 달랐다. 여자는 남자보다 정신 연령이 높다더니 어려 보이지 않아 좋았다. 두 살 연상이니 정신 연령의 기울기가 대충 맞는 것도 같았다. 그는 인정하고 싶지 않을 테지만.

어쨌거나 그는 나를 어린 취급 하고 나는 그를 오빠로 의지하는 그림이 그려지며, 얼추 보통의 커플들 모습이 만들어졌다.

소문은 순식간에 퍼져나갔다. 여자애들은 물론이고 선생님들마저 그가 돌부처가 아닌 게, 사람으로 증명된 게 놀랍다는 표정이었다. 그에게 연애 세포가 있다는 데 놀랐다. 하지만 그보다 더 놀란 건 상대가 나라는 데 있었다. 그건 나도 마찬가지다.

'왜 나지? 많고 많은 여자애 중에서 무슨 이유로 날 선택한 거지?'

머리를 굴려도 답이 나오지 않았다.

난 특별히 예쁘지도 않고 몸매가 좋지 않다. 그 오빠와 어울릴 정도로 공부를 잘하지도 못하고. 내신이 중위권이라 내가 원하는 전공을 택하면 인서울을 할까 말까 정도의 실력이라는 건 다 알고 있었다.

그 점이 많은 혼동과 질투, 질시를 불러일으켰다. 여자애들은 내가 들으라고 대놓고 말했다.

"전생에 나라를 구했나. 운도 좋아."

"그러게. 벌써 부잣집 사모님 자리는 따놓은 거 아냐. 헤어지지 않으면 의사 부인이 될 테니까."

"그런데 선우가 왜 헤어지겠냐. 그 선배 맘이 바뀌면 몰라도."

여자애들만이 아니었다. 엄마도 소식을 들었는지 말했다.

"너 3학년 명석이랑 사귄다고 엄마들이 난리더라."

상대가 상대인 만큼 그냥 놓치긴 아깝다는 판단이었을까. 대학 들어가기 전까지 연애는 절대 안 되던 엄마가 슬그머니 노선을 변경했다.

"대학 들어가기 전까진 그냥 예쁘게 사귀어."

한마디로 사귀긴 하지만, 자거나 하진 말라는 뜻이었다.

어쨌거나 엄마는 전보다 내게 더 잘해 주고 날 더 귀하게 대해 주었다. 학교 아이들처럼 엄마도 의사 사모님 자리가 예정, 기약된 걸로 생각하나 싶기도 했다.

선생님들도 달라졌다. '이 성적으론 어림도 없어. 이러고도 잠이 오냐?' 식으로 면박을 주거나 막말하지 않았다. 쉽게 대하는 대신 조심하고 배려해 주는 게 느껴졌다. 나야 나쁘지 않았다. 귀한 대접 받는 걸 싫어할 사람은 없으니까.

그런데 우리 때문에 가장 불행해진 건 수현이였다. 내내 러브 헌터가 사냥에서 돌아오길 기다리던 수현이는 더 못 참고 발끈해 화를 내곤 했다. 이유는 단 하나, 내가 명석 오빠랑 사귄다는 거였다. 왜 하필 너냐는 불만을 짜증으로 화로 발산했다. 그런다고 내가 명석 오빠를 포기하거나 명석 오빠가 저한테 가지 않을 걸 알면서도 참지 못했다.

어느 날 수현이는 말했다.

"너 명석 선배랑 사귀는 것도 내 덕인 줄 알아."

"그게 무슨 말이야?"

"내가 전에 말했잖아. 선배랑 사귀라고. 한 살이라도 나이 많은 남자랑 사귀어야 진한 사랑을 할 수 있다고. 그래서 네가 애송이 사랑 그만두고, 그것도 명석 선배랑 사귀게 된 거 아냐."

어이가 없었지만 가만있었다. 수현이 말에 영향을 받지 않은 건 아니니까.

그 뒤로도 수현이는 나를 힘들게 하곤 했지만 그래도 참을 만했다. 러브 헌터가 돌아올 날만을 기다리며 속을 끓이고 있는 게 가엾고, 내 곁에는 그와는 댈 수도 없는 명석 오빠가

있으니까. 가진 자의 여유로움은 수현이의 앙칼스러움을 얼
마든지 참아낼 수 있었다.

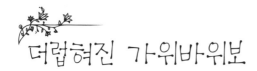

더럽혀진 가위바위보

명석 오빠랑 같이 공부하면 두려울 게 없었다. 내가 힘들어하는 수학 문제도 오빠는 더하기 빼기를 하듯 술술 풀어냈다. 거미 꽁무니에서 실이 나오듯 펜 끝에서 풀이가 줄줄 새 나왔다.

"오빤 어쩜 그렇게 잘 풀어? 난 어려워 죽겠는데."

"사람들은 모두가 똑같다며 쉽게 평등을 주장하지. 하지만 머리, 두뇌, 능력은 평등하지 않아."

'이건 뭐지?'

너는 멍청하다, 열등하다는 말보다 더 썼다. 의미를 알면서도 백치미를 가장해 물었다. 지능이 낮아 뭐가 뭔지 모르는 순진한 표정을 하고.

"그게 무슨 말이야?"

"아니, 그냥 해 본 소리야. 킥킥."

더 따지면 연애 감정이 깨질 것 같아 그냥 넘어가기로 했다. 표현력이 부족한 천재가 자기도 모르게 순간 팩트를 내뱉은 것뿐이라고. 그의 머리와 내 머리가 평등하지 않은 건 자명한 사실이니까.

그런데 오빠가 문제를 풀어 주어도 이해하지 못할 때가 많았다.

"수학은 원리를 알아야 해. 그래야 다른 문제, 유사한 문제를 풀 수 있지."

오빠는 설명하고, 훈계했다. 하지만 그 원리를 난 이해할 수 없었다. 내 한계를 느낄수록 오빠가 대단해 보이고 의지하고 싶었다.

'풀이 과정을 봐도 이해가 안 되니 어떡하지? 오빠가 멍청하다고 실망하는 거 아냐? 그냥 문제를 외워 버릴까?'

몇 문제는 유형을 외워 시험 문제를 맞히기도 했다. 하지만 만날 통하는 게 아니었다. 조금만 꼬아 놓아도 덫에 걸려들고 함정에 빠지고 말았다.

설명하고 가르치다 보면 인내심이 바닥날 만도 한데 오빠는 '이것도 못 푸냐'고 타박하지 않았다. 사귀는 사이라서 그런지, 알면서도 못 푸는 척하거나(성적이 비슷한 애들은 가끔 이 전략을 쓴다) 시기, 질투가 없어서 좋았다. 나이, 성적, 경험 등 모든 게 우위에 있어서인지 여유롭게 날 대했다.

'이래서 여자들이 오빠를 찾고, 오빠 오빠 하나 봐.'

공부가 인생의 가장 큰 관심사일 때, 공부 잘하는 오빠랑 사귀는 건 보험 든 것처럼 든든했다.

오빠는 공부뿐만 아니라 수행 과제를 할 때도 많은 도움이 되었다. 보고서 방향을 어떤 방향으로 잡아야 하는지, PPT를 어떤 식으로 만들어야 좋은 점수를 받을 수 있는지 꿀팁을 주었다.

그 덕택에 수행 점수가 수직으로 상승했다. 그러자 나랑 비슷한 성적이었던 애들, 내 점수가 오르는 바람에 새롭게 경쟁자가 된 애들은 내 뒷담화에 열을 올렸다. 어느 땐 분노를 감추지 못하고 내가 옆에 있는데도 다 들으라고 큰 소리로 말했다.

"2, 3학년 선배랑 사귀는 애들은 선배가 전에 했던 리포트까지 다 받는데."

"그러니 점수 잘 받아 좋고 수행할 시간에 다른 공부해서 좋고, 꿩 먹고 알 먹고지."

"자기 실력으로 평가받아야지 그게 뭐야? 진짜 짜증 나."

완전 없는 이야기는 아니었다. 어떤 과제는 1학년 때에 했던 보고서라며 건네준 걸 살짝 수정해 제출했으니까. 결과가 나올 때까지 가슴이 두근거렸다. 선생님이 알아챌까 싶어서. 하지만 걸린 적은 없었다. 이런 일이 반복될수록 오빠에게 과제를 의지하는 일이 많았다.

"3학년이라 오빠 것 수행하기도 바쁜데 미안해."

"난 과제에 시간 소비하지 않으니 걱정할 것 없어."

"아무리 시험 성적이 좋아도 수행은 해야 하잖아. 수행 점수를 잘 받아야 학생부 챙길 수 있으니까."

"당연하지. 하지만 그런 건 내가 안 해."

"그럼 어떡해?"

"간단한 리포트 같은 건 대학생 형이 해 주고, 어려운 과제, 논문 그런 건 학원 선생들한테 맡기면 되니까."

"정말?"

내가 놀라자 오빠는 말했다.

"우리 학교에서 1등 하는 거 쉽지 않아. 그런데 학교 1등이 그런 거 하면서 힘 빼면 되겠냐? 그럼 서로 이기려고 눈알 부라리고 우글대는 사자 굴에서 못 살아남지."

뜨거운 피는 한 방울도 없는 냉혈 인간처럼 차갑게 말했다.

"오빠 과제 해 주는 대학생 형, 학원 선생들은 어떻게 구했어?"

"그거야 엄마 일이지. 아들이 1등 유지하느라 스트레스 최고인데 엄마가 그 정도는 챙겨야지."

'과제 해 주는 대학생이 있고, 전담 학원 선생들이 있었다니.'

고작해야 그렇고 그런 학원이나 다니고, 인터넷 강의나 듣는, 나 같은 애는 생각도 못 한, 딴 세상 얘기였다. 슈퍼 파파, 슈퍼 맘의 적극적인 후원과 주도면밀한 계획과 기획, 포트폴리오 아래서 1등이 탄생하고 관리되고 있었던 것.

이번엔 내가 불공평하다고 항변해야 할 것 같았다. 하지만 그러려면 그가 부모 잘 만난 것까지 탓해야 했다. 두뇌 좋은 부모 만나 머리도 좋게 태어나고, 부모의 경제력으로 사회에 널려 있는 고급 서비스를 적극 활용해 좋은 성적을 얻는 것에 대해.

생각이 거기 미치자 물바가지를 뒤집어쓴 듯 연애 감정이 식었다.

'오빠와 난 애초에 다른 신분이네. 부모에게 물려받은 두뇌도, 부모의 경제력도. ……하지만 뭐 날카로워질 필요 없어. 그럼 나만 손해니까. 난 아빠 찬스, 엄마 찬스 같은 건 없지만

그걸 다 가진 오빠랑 사귀고 있잖아. 그게 어디야. 생각도 못 한 행운이잖아.'

신데렐라 꿈으로 날카로워진 머리를 다독이고 진정시켰다.

오빠가 공부도, 과제도 도움을 주었지만 난 상위권으로 치고 올라가지 못했다.

"성적이 잘 나와야 나랑 계속 만나지?"

오빠는 폭탄을 던졌다. 가끔 이렇게 폭탄 투척으로 충격을 주었다.

'성적이 안 좋아 헤어지겠다는 뜻인가?'

내 표정을 읽었는지 말했다.

"성적이 잘 나와야 의예과는 아니더라도 나랑 같은 대학 갈 거고, 그래야 만나기 좋잖아. 다른 학교 가면 아무래도 만나기 쉽지 않고 그러다 보면 깨지기도 쉽고."

틀린 말은 아니었다. 기분이 상했지만 더 분발하라는, 나랑 오래 만나려고 압박하는 말로 받아들이기로 했다.

'내가 듣고 싶은 말은 "난 성적 같은 건 생각하지 않고 널 좋아해. 네가 어떤 학교에 가든 그게 무슨 상관이야. 난 네가 좋고 계속 널 만날 건데." 하는 말인데. ……공부 잘하는 이과 천재라 표현이 서툴러서 그럴 거야. 그러니까 이것도 오빠 식의 애정 표현인 거지.'

그러자 다시 마음이 잔잔해졌고 연애 감정도 돌아왔다.

중간고사가 끝난 날이다. 마침 금요일이라 선생님은 밤 10시까지 자습하지 않고 바로 귀가해도 된다고 허락해 주었다. 훤한 대낮에 학교를 나오자 우리에 갇혔다 나온 해방감으로 행복했다.

"선우야, 우리 아이스크림 먹자."

아이스크림을 먹자 오가는 말, 주고받는 눈길도 달콤했다.

아이스크림을 먹던 오빠가 제안했다.

"시험도 끝나고 했으니 우리 집에 갈래?"

"오빠 집에?"

"왜 가면 안 되냐?"

할아버지가 병원장이고, 아버지가 의사인 애는 어떻게 사나 궁금했지만 염려가 더 컸다.

"오빠 엄마한테 안 혼나? 괜찮아?"

"엄마는 내가 하는 건 터치 안 해. 뭐든 내가 원하는 대로 해 주거든. 그리고 오늘 엄마 집에 없어."

오빠 집은 2층으로 된 단독주택이었다. TV 속에서 휘황찬란한 연예인 집을 많이 봐서 그런지 평범해 보이기까지 했다.

"우리 할아버지가 엄청 검소하셔서 집을 새로 못 짓게 해.

당신 사시던 대로 살고 싶다고. 물론 우린 불만이 크지만 참을 수밖에."

오빠는 물 한 컵을 건네더니 말했다.

"내 방이 있는 2층으로 올라가자."

기대되었다. 남친 방에 대한 기대보다 학교 1등 방은 어떻게 생겼는지 그게 더 궁금했다.

오빠는 2층으로 이어지는 계단 앞에 서더니 말했다.

"우리 가위바위보 해서 이기는 사람이 한 칸씩 먼저 올라가기로 할까?"

가위바위보를 해서 한 계단씩 올라가는 건 청춘 드라마에서 자주 본 장면이다. 황순원의 〈소나기〉에 나오는 석이, 연이가 된 듯 풋풋한 사랑의 감정이 올라왔다. 중학교 시절 교실에 범람하던 그렇고 그런 섣부른 연애를 자제하고 물리치며 내내 꿈꾸어 온 연애, 사랑의 판타지가 눈앞에서 실현되고 있는 것 같아 가슴이 행복감으로 가득 찼다.

가위바위보를 하며 이기고 지고 웃고 떠들다 보니 오빠 방 앞이었다.

"자, 기대하시라. 1등 방 개봉 박두."

내 호들갑이 싫지 않은지 오빠는 말했다.

"야, 너 뭐 하는 거야. 별것 없어."

오빠가 문을 열었다. 집이 그런 것처럼 오빠 방도 특별한 게 없었다. 하지만 엄청 컸다.

둘러보고 나니 딱히 할 일이 없었다.

"우리 소원 들어주기 게임 할래?"

TV 청춘 드라마에서도 늘 이런 장면이 등장한다.

'어릴 때부터 공부만 하느라 TV도 많이 못 봤을 텐데 어떻게 이런 걸 알지? 오늘 데이트한다고 검색해서 알아 왔나? 오빠는 공부도 잘하지만 달콤한 면이 있는 것 같아. 가끔은 차갑게 느껴지지만. 하지만 공부를 잘하려면 자기 관리가 철저해야 하고, 그러다 보니 그렇게 됐을 거야. 그러니 이해해야지. 난 정말 최고의 파트너를 만난 것 같아. 오빠는 공부도 연애도 완벽하잖아. 그러니까 내 연애 등급은 최고인 거지. 학과 성적은 별로이지만.'

"무슨 생각을 그렇게 골똘히 해?"

'오빠가 너무 좋아서'라는 말이 나올 뻔했다.

"내 말 못 들었어? 소원 들어주기 게임 하자고?"

"그래, 오빠. 하자. 무슨 소원인데?"

"먼저 말하면 싱겁지. 이긴 사람의 소원은 무조건 들어주는 거다. 알았지?"

'무조건'이라는 말이 좀 걸리긴 했지만 '가위바위보'를 믿고

하기로 했다. 가위바위보는 공평한 게임이고, 풋풋하고 싱그러운 연애 장면에 자주 등장하는 거니까.

"내가 이겼다."

오빠는 환호성을 질렀고 나를 끌어안았다.

"내 소원은 이거야."

오빠는 백팔십도 다른 사람이 되어 나를 침대에 쓰러뜨렸다.

"싫어. 내가 원하는 건 이게 아니야."

"내가 이겼잖아."

"이건 싫단 말이야."

원하는 자와 원하지 않는 자의 몸부림, 몸싸움이 벌어졌다. 가까스로 뿌리치고 머리카락이 산발이 된 채 그의 집을 뛰쳐나왔다. 몸도 마음도 너덜너덜해진 채로.

집에 오는데 자꾸 눈물이 났다.

'내가 원하는 건 그게 아닌데 왜 그런 거지? 나를 너무 사랑해서 그런 건가? 아님, 수컷 코끼리처럼 그저 성욕이 발동한 건가. 수컷 코끼리는 발정이 나면 호르몬 수치가 폭증하면서 난폭한 괴물로 돌변한다잖아. 하여튼 명석 오빠가 그럴 줄은 몰랐어……'

잠을 이루지 못하고 뒤척이다 휴대 전화를 켰다. 눈에 번쩍 띄는 기사가 있었다. 여중생을 집단 폭행하며 가해자들이 가위바위보 해서 누가 먼저 성폭행할지 정했다는 거다. 가위바위보를 그렇게 쓰다니, 어이가 없고 기분이 더러웠다.

'명석 오빠도 소원 들어주기 게임을 하자며 가위바위보를 했잖아. 로맨스를 꿈꾸던 내 마음을 짓뭉개고 가위바위보를 더럽혔어. 난 설렘 가득한 러브 스토리를 원했는데. 몸싸움, 육탄전 같은 욕망의 적나라함을 원한 게 아닌데. ……하지만 꼭 그렇게 생각할 건 없어. 오빠가 날 사랑했고, 그래서 못 참았을 거야.'

'남자들의 성욕은 여자들의 식욕과 같대.'라며 키득거리던 수현이 말도 생각났다.

'하지만 너무 싫었고 느낌이 좋지 않았잖아. 성폭행당하는 느낌이었어. 그래도 사귀는 사이에서 벌어진 일이니, 그것까지도 사랑인가? 어디까지 사랑이고 어디서부터 폭력이고 폭행인 거지?'

시간이 많은 주말이 괴로웠다. 다행이라면 주말 동안은 그를 보지 않을 수 있다는 거다. 지금으로선 얼굴을 마주할 자신이 없으니까.

최악의 이별

월요일 아침, 한 주 동안 생활할 짐을 캐리어에 싣고 학교에 들어서는데 가슴이 벌렁벌렁 뛰었다.

'그를 어떻게 보지? 마주치면 어떻게 해야지? 그는 날 볼 수 있을까?'

명석 오빠는 내 앞에 나타나지 않았다. 다른 때처럼 문자로 자습실에서 같이 공부하자거나 운동장에서 산책하자거나 하지 않았다.

'오빠도 지금 충격이 큰가? 순간 못 참고 그런 행동을 한 걸 후회하고 괴로워하고 있나?'

학교에서 생활하다 보면 원치 않아도 마주치게 되는데 그때마다 오빠도 나도 그냥 지나쳤다.

만나지 않는 시간이 길어질수록 곤두섰던 뾰족한 감정은 누그러졌다. 대신 용서하고 이해하는 쪽으로 마음이 기울었다.

'성교육 선생님은 성을 부끄럽게 생각할 게 아니라고 했지만 오빠도 그날 일이 지금 부끄러운 거야. 욕망을 이기지 못해 후회하고 있는 거야. 순간적으로 폭발한 성적 에너지를 어쩌지 못한 거야. 하지만 오빠도 잘못은 있어. 본능을 못 참은 거. 그 일이 없었으면 이렇게 불편하지 않고 우린 로맨틱한 사랑을 계속할 수 있는데.'

오빠랑 사이가 멀어지자 순식간에 소문이 퍼졌다. 그럴 만도 했다. 오빠는 학교에선 워낙 중요 인물인 데다, 오빠랑 내가 사귀는 게 의외라 생각하는 애들한테는 학수고대하던 일이기도 했다. 내가 오빠와 헤어지길 간절히 바라며 대기하던 여자애들은 새로운 시장이 열리고 기회가 온 듯 반겼다.

"이별로 힘들어할 때 잘해 주면 쉽게 마음을 내주게 된다잖아."

"맞아. 그럴 수 있어. 헤어져 힘들어하는 때를 노려야 한다고."

"애초부터 둘이 안 어울렸잖아. 그러니 깨진 게 당연하지."

내가 빤히 보고 있는데도 개의치 않고 오빠한테 가서 말을 걸고 꼬리를 흔들었다.

"그 커플 깨진 거 몰라?"

우리의 이별을 기정사실화하고 싶어 안달했다.

그 모습을 보자 되레 오기가 생겼다. 그냥 이렇게 끝내고 싶지 않았다.

'오빠는 평범한 애가 아니잖아. 선생님들이 말하는 것처럼 미래가 창창한데 내가 너무 쉽게 포기하는지도 몰라. 오빠로 선 나를 사랑했고 사랑해서 그런 건데, 사춘기에 폭발한 충동을 순간 못 참고 그런 건데 내가 너무 어린애처럼 구는 건지도 몰라.'

금요일 저녁, 기숙사를 나오려고 짐을 싸는데 메시지가 떴다.

> 나 보고 싶지 않냐?

그 말 하나로 사랑의 감정이 돌아왔다. '왜 보고 싶지 않겠어? 보고 싶어 죽을 뻔했어.' 하면서 달려가고 싶었다. 하지만 답신하지 않았다. 읽음 표시를 보았는지 오빠는 덧붙였다.

그동안 힘들었어.
많이.

'오빠도 많이 후회하고 괴로웠다는 거잖아. 내 감정을 지켜
주지 못해서, 자신의 욕망, 충동을 이기지 못해서 그렇게 괴
로워하다니 오빠도 안됐다. 복잡하게 구는 나 같은 애 만나
서. 오히려 그런 행동을 터프하다며 좋아하는 애도 있을 텐
데.'

사춘기 소녀의 마음은 제 마음대로 드라마를 펼쳐 나갔다.

그리고 자신을 탓하고 나무랐다.

'사람은 누구나 실수를 할 수 있잖아. 그런데 내가 너무 까
다롭게 군거야. 내가 뭐라고. 오빠는 보통 남자가 아닌데.'

오늘 수학 학원 11시에 끝나지?

......

학원 뒤 공원 입구에서 기다릴게.

......

공원에서 잠깐 바람 쐬면 정신이
번쩍 들어 공부도 잘될 거야. 나도
오늘은 새벽까지 공부해야 하거든.

의심이 전혀 없었던 건 아니다.

'오빠가 또 그러면 어떡하지? 하지만 학원 끝나고 잠깐 만
나 밤바람으로 잠을 쫓고 들어가 공부하자는 거잖아. 역시
공부 잘하는 오빠는 달라.'

의심보다는 내가 꿈꾸는 판타지, 러브 스토리를 다시 쓰고
싶은 마음이 더 컸다.

이건 오래된 꿈이다. 초등학교 오학년 때 시작된.

아빠는 외국 출장 중이어서 엄마는 어린 두 딸을 데리고 이
사를 해야 했다. 그런 상황에서도 엄마는 돈을 아끼려고 포장
이사 아닌 일반 이사를 택했다. 엄마나 두 살 먹은 동생을 돌보
며 이사를 도와야 하는 나나 막막하긴 마찬가지였다.

이사하는 날 아침, 활짝 열린 현관에 그가 나타났다. 재진
이. 재진이는 어제까지 같은 반 아이였지만 특별히 친하거나,
엄마들끼리 친분이 있거나 하지도 않았다. 그런데 그가 이사
하는 날 우리 집에 나타난 거다. 숫기도 없는 애가. 물론 이사

하는 건 알았을 거다. 전날 선생님이 내가 전학 간다고 앞으로 불러 인사를 시켰으니까.

재진이는 7층과 1층 트럭 사이를 오가며 이삿짐센터 아저씨들이 기중기로 내리기 애매한 플라스틱 짐 같은 것들을 날랐다. 저나 나나 이성에 부끄럼이 생기기 시작한 나이고, 둘 다 그저 명랑한 어린애가 아니었기에 한마디 말을 나누지 않았다.

그렇게 짐이 다 실리고 이삿짐 아저씨들이 먼저 트럭을 타고 출발했다. 재진이는 엄마 차가 출발하자 아파트 정문까지 따라오더니 거기 서서 손을 흔들었다.

그 모습, 그날의 그림은 내 가슴속에 콕 박혔다.

그리고 내내 의문이었다. 그는 그날 왜 왔을까. 왜 묵묵히 이사를 돕고 차가 아파트를 떠날 때까지 머물렀을까. 초등학교 오학년 아홉 살 남자애의 인내심으론 쉬운 일이 아니었을 텐데. 나하고 스스럼없이 인사를 나누는 사이도 아닌 애가.

생각 끝에 해답을 찾았다. 조물주가 애초에 인간을 만들 때 사람의 가슴속에 심어 놓은 LOVE DNA라는 걸. 그게 있기에 사람들은 누군가와 사랑을 나누고 싶어 하고 사랑하며 살고 있는 게 아닐까, 생각에 이른 거다.

재진이가 사람의 마음속에 심어진 LOVE DNA의 존재를 확인해 준 셈이다.

난 그날 이후 꿈꾸었던 것 같다. 내 가슴속에 심어진 사랑의 씨앗, LOVE DNA가 발아하고 멋지게 펼쳐질 날을.

다시 온 메시지가 날 현실로 호출했다.

오는 거지?

더 애태울 수가 없어, 더 애태우는 건 못된 것 같아 답을 했다.

응.

공원 벤치 옆에 오빠가 서 있었다. 그런데 서 있는 모습이 그렇게 외로워 보일 수가 없었다.

'내가 오빠를 외롭게 만들었나 봐. 잘난 것도 없으면서. 저렇게 키 크고 잘생기고 공부 잘하는 오빠를. 다른 애들은 오빠랑 사귀지 못해 안달이 나 있고, 내 자리를 호시탐탐 노리고 있는데. 오빠가 좋아해 주니 내가 뭐라도 된 듯 착각한 거야.'

오빠는 날을 보자 멋쩍게 웃었다. 그 모습도 멋있어 보였다.

오빠는 좀 걷자고 했다. 공원 안으로 한참 들어가자 정자가 나왔다.

"여기 앉자."

"사람이 없으니 좀 그런데?"

"나 있잖아. 나도 사람이야."

오빠는 씩 웃으며 정자에 앉았다. 나도 따라 앉았다.

"나 보고 싶지 않았어? 나 안 만나도 살 수 있어?"

그래도 대답을 안 하자 다시 물었다.

"나 보고 싶었지? 솔직히 말해 봐."

어린 소년처럼 매달렸다. 그 모습이 귀여웠다. 나보다 나이 많은 사람이 귀엽게 느껴질 땐 더 끌리는 것 같다.

"응."

귀여움, 화해, 용서의 감정을 실어 응 대신 웅이라 했다.

"우리 대학 들어가서도 계속 만날 거지?"

'그건 내 희망인데 허락해 달라고 애원하다니. 오빠는 날 진심으로 사랑하는 거야.'

고개를 끄덕였다.

낭만은 거기까지였다.

오빠는 갑자기 키스를 퍼붓더니 내 옷 속에 손을 집어넣었다. 화해하자고 만난 건데 고작 이건가. 성추행을 당하는 것처럼 모욕적이고 싫었다. 팔을 휘둘러 뿌리쳤다.

"왜 또 그래?"

화가 나 고함을 질렀다.

"조용히 안 해?"

주위를 돌아보며 날 나무라기까지 했다. 그러더니 자신이 더 기분 상했다는 얼굴로 쏘아보며 말했다.

"그만둬. 다 그만두자고."

뭘 그만두라는 건지, 지금 이 상황에서 그가 할 소린지 이해가 되지 않았다.

그 순간 알아챘다. 아마도 이건 사랑이 아니고, 난 욕망의 대상일 뿐이라고.

물론 나도 안다. 사랑하는 사이, 연인 사이엔 스킨십을 할 수 있다는 거. 하지만 그건 싫은 감정이 없고 둘 다 원하는 시점, 분위기가 있을 거다. 해도 그때 하고 싶다.

그 전에 할 일이 많다. 좋아하는 감정을 나누며 설레는 마음으로 한 걸음씩 가까워지고 싶은 거다. 아직 펼치고 싶은 판타지가 많은데, 왜 자꾸 그는 내 판타지를 깨고 내 감정을 망치는 걸까. 공부는 잘하지만 공감 능력이 부족한 건가. 저번 한 번으로 알아채고 다시 만나지 않았어야 했나?

난 단호하게 말했다.

"이렇게 만나는 건 싫어."

그는 매달리지 않았다. 슬퍼하지도 않았다.

명석 오빠는, 아니다, 더는 '오빠'라는 호칭을 쓰고 싶지 않다.

그는 비아냥거리며 말했다.

"나도 그럴 생각이야. 내가 더는 널 만날 이유는 없는 거 같아."

사람이 어떻게 이런 말을 할 수가 있지? 정신을 못 차릴 정도로 혼란스러웠다.

그는 그대로 분이 풀리지 않는지 두 눈에 쌍심지를 켜고 말했다.

"그런데 네가 감히 나한테 헤어지자는 말을 먼저 해?"

도대체 무슨 말인가 싶었다. 헤어지자는 말도 제가 먼저 해야 한단 말인가. 잘났다는 우월감에 완전히 쩔어 있는 건 아닌가.

그는 책가방을 들더니 말했다.

"에이, 공부나 할 걸. 괜히 시간만 낭비했잖아."

그는 앞서 씨억씨억 가 버렸다. 잘하는 공부로 날 한 번 더 모욕하고 어둠 속으로 사라졌다. 잘못은 내가 다 한 것처럼. 그는 남을 모욕하고 무시하고 깔아뭉개는 데 특별한 재주가 있는 것 같았다.

그와 난 남남이 되었고, 남보다 더 못한 사이가 되었다. 그
는 다른 애들이 보는 앞에서 날 유령 취급했다. 그것도 성에
안 차면 종이를 뭉개 던지거나 하며 모욕했다.

여자애들은 손뼉 치며 환영하는 분위기였다. 진작 헤어져
야 했는데 너무 오래갔다, 그동안 눈꼴사나웠는데 이제라도
헤어져 고소하다는 표정을 감추지 않았다.

며칠 뒤 그에게서 메시지가 왔다.

> 네가 준 쓰레기들 가져가. 내 방에 있는 거
> 보면 기분 잡치니까.

그는 내가 준 선물을 쓰레기로 표현했다. 나도 복수하고 싶
어 말했다.

> 나도 받은 것 다 버릴 테니까 내가
> 준 거 버려 줘. 그럼 만날 일 없고
> 편리하잖아.

그는 문자론 성에 안 차는지 전화해선 길길이 날뛰었다. 바

로 와서 가져가지 않으면 가만두지 않을 거라고, 죽여 버릴 거라고.

그 순간 내가 직접 돌려주고 내 물건 가져오는 것도 나쁘지 않겠다는 생각이 들었다. 그의 협박, 위협이 무서워서라기보다는 내 감정이 더 잘 정리될 수 있겠다는 생각이 든 거다.

"그러면 서로 돌려받고 끝내면 되겠네."

그가 올 수도 있는데 내가 왜 가야 하는 거지? 생각이 들었지만 그냥 가기로 했다. 그럼 또 옥신각신하게 될 거고 지금은 최대한 빨리 끝내는 게 답이니까.

다신 가고 싶지 않은 그의 집에 발을 들여놓았다. 성적으로 위협을 느끼진 않았다. 이미 감정이 틀어질 대로 틀어졌으니 아무리 발정 난 짐승이라 해도 딴생각을 할 것 같진 않았기 때문이다.

내가 그의 선물이 든 종이봉투를 내려놓자 그는 내가 준 물건들을 모아둔 검정 비닐봉지를 던졌다.

"그만 꺼져."

"뭐 꺼지라고? 어떻게 그런 말을 할 수가 있어? 헤어질 때까지 꼭 이래야겠어?"

그는 화가 치미는지 눈을 부라리고 내뱉었다.

"너 지금 나한테 말대꾸야?"

조선 시대 왕이 시간의 두께를 뚫고 왕림하셨나, 이게 현실인가, 실화인가 싶어 어리둥절해 있는데 그가 고함치듯 말했다.

"우리 엄마도 내게 말대꾸 안 하는데, 네가 감히 말대꾸를 해?"

완전 괴물이구나 싶었지만 한 가지 묻고 싶은 게 있었다. 그와 사귀기 시작할 때부터, 그 뒤로도 내내 궁금한 내용이기도 했다.

"나랑 왜 사귄 거야?"

"모르냐? 넌 공부도 못하지만 세상 물정도 엄청 모르는구나. 역시 멍청해."

"멍청하다고? 그런데 왜 사귄 거냐고?"

그 순간에도 난 '네가 예뻐서.' 하는 대답이 나오는 건 아닌가, 내심 기대했다. 내게 뿌리박힌 유치함도 만만치 않았던 것.

"적당히 멍청해서 내가 원하는 건 뭐든 다 들어줄 것 같았거든."

그는 끝까지 날 조롱하고 모욕했다. 괴물과 더 있다간 내가 미쳐 버릴 것 같아 돌아서는데 그가 말했다. 군인 상관이 사병한테 명령하듯.

"잠깐."

돌아서자 독사처럼 눈깔을 찢고 이죽거렸다.

"너 어디 가서 나랑 사귀었다는 말 하지 마. 기분 더러워지 니까."

"그건 내가 할 말이야."

퉤, 공기 중에 마른침을 뱉었다. 기분이 더러워 참을 수가 없었기 때문이다.

"이게 감히 나한테 침을 뱉어?"

액체 발사 아닌, 제스처만 있는 침 뱉기였지만 그는 그런 모 욕은 처음인 듯 벌겋게 달아오른 얼굴로 나한테 팔을 마구 휘둘렀다. 괴물은 그렇게 맘껏 난동을 부렸다.

결국 마음도 몸도 만신창이가 되어 그의 집을 빠져나왔다. 연애의 유물인 검정 비닐봉지를 들고.

연애 지옥 탈출

엄마 아빠는 내 몰골을 보고 심상치 않은 일이 있음을 알아챘다. 나도 더는 감추고 싶지 않았다. 그동안에 있었던 일을 털어놓자 엄마 아빠는 탄식했다.

"공부 잘하기로 유명하고 모범생에 의사 집안 아들이라 엄마들이 다들 부러워했는데 그런 애였다니."

"그러니 겉만 보곤 모른다니까."

"예쁘게 사귀는 줄로만 알았더니 이게 무슨 일이냐고."

"그러니까 당신이 애 단속을 잘했어야지. 의사 집안 아들하고 사귄다고 내버려 둔 거잖아."

"그러는 당신은 뭐 했는데? 속상해 죽겠는데 왜 내 탓을 해?"

적은 밖에 있는데 두 분은 열심히 싸웠다.

조물주가 심어 놓은, 어릴 적 재진이가 그 존재를 확인해 준 LOVE DNA가 심각한 상처를 입고, 꿈꾸는 로맨스에 대한 환상, 판타지가 깨져 고통스러운데 내 마음을 위로해 줄 겨를이 없었다. 인간에 대한 기본적인 믿음마저 잃고 너덜너덜해진 날 챙겨 줄 여유가 없었다. 사실 어떤 말을 해도 위로가 될 것 같진 않았다.

열심히 싸우다 상황 탈출, 장면 탈출을 모색한 건 현실적인 엄마였다.

"이럴 게 아니라 일을 해결하고 수습해야 할 것 아냐?"

순간 '해결', '수습'이라는 단어가 생소하게 느껴졌다.

'이런 일도 해결이 될 수 있고 수습이 될 수 있나?'

같은 생각인지 아빠가 말했다.

"이런 일이 해결되고 수습이 된다고 생각해?"

"그럼 가만있으려고? 뭐든 해야 할 것 아냐?"

"당연히 가만있으면 안 되지."

아빠 엄마는 그의 집을 찾아갔다. 괴물을 낳은 부모 상판대기를 보며 단단히 잡도리할 생각으로.

하지만 괴물을 낳은 부모는 괴물 이상이었는지 허탈한 모습으로 돌아와 욕만 바락바락했다.

"씨알이 먹히지 않아. 도대체 말이 안 통하는 것들이라니까."

"그런 아들을 낳고도 뭐가 그리 당당한지, 아주 파렴치하더라니까. 애들끼리 사귀다 헤어진 걸 가지고 찌그렁이 붙으면 곤란하다, 딸 가진 부모는 이런 일로 유명해져 좋은 게 없지 않냐며 슬슬 약을 올리더라고."

"그래도 이런 일은 그냥 넘어가면 안 된다, 가만두면 다른 애들이 또 피해를 볼 테니 학폭위에 올릴 거라고 하자 그 인간이 뭐란 줄 알아?"

내 입으로 '뭐라 했는데요?' 물을 수가 없어 가만있자 한 박자 쉬었다가 말했다.

"얼마를 원하냐고 묻더라고."

아빠 엄마는 억울함, 분노로 몸을 바들바들 떨었다.

"그것들 하고는 말이 안 통하니까 선생님하고 말해야겠어."

엄마가 이성을 잃은 상태라 너무 막무가내로 나올까 걱정되어 말했다.

"선생님한테 뭐라고 할 건데?"

"일단 그간 일을 말하고 학폭위에 올려 징계받도록 해야지. 그런 새끼는 가만두면 안 되니까."

"언제 갈 건데?"

"일단 병원부터 가자. 그 몸으론 학교에 갈 수 없으니까. 그리고 날짜는 전화해서 정해야지."

사흘을 쉬었다 학교에 갔다. 학교 분위기가 착 가라앉아 있었다. 애들이 나를 보는 눈이 달랐다. 약속이라도 한 듯 누구 하나 가까이 오지 않았다. 똥 묻은 개를 대하듯 슬금슬금 피했다. 선생님들도 마찬가지였다. 인사를 해도 시큰둥한 얼굴이었고 최소한의 응대도 하기 싫은지 '응' 소리조차 입속에서 씹어 먹고 밖으로 내뱉지 않았다.

'왜 이러지? 그 일을 알고 있나? 그가 말했을 리는 없을 텐데. 알았다고 해도 이상하잖아. 잘못은 그가 했는데, 폭력을, 데이트 폭력을 저지른 건 그인데 피해자인 나한테 왜 이러는 거지?'

수현이가 문자를 보냈다. 다른 때 같으면 사흘을 결석하다 왔으니 쪼르르 달려와 어쩌고저쩌고 한바탕 수다를 떨었을 텐데, 보는 눈이 걱정되는지 문자를 보낸 거다.

> 선우야, 큰일 났어. 너 어떡해?

사흘 동안 왜 안 왔냐? 어디 아팠냐? 묻지 않고 딴 얘기를 했다. 내가 무슨 큰 사건을 저지르기라도 한 것처럼 하는 이 말은 뭐지 싶었다.

> 무슨 일인데? 왜 그래?

명석 선배가 전교 10등으로 내려앉았어. 그래서 학교 완전 발칵 뒤집혔어. 선생님들 지금 완전 비상이잖아. 3학년 중간고사를 그렇게 망쳤으니 S대 의대 힘들 수도 있게 된 거지. 이번 3학년에선 그 선배 하나 기대하고 있었는데.

힘이 쭉 빠졌다.

어제 선배 엄마 아빠가 학교 와서 선생님들한테 말했대. 너 명석 선배 근처에도 못 오게 해 달라고. 너 어떡해?

우리 가족이 데이트 폭력으로 분노하든 말든 그와 그의 부모는 오로지 성적 하락만이 문제였고, 그 원인 제공자로 나를 매도해 접근 금지를 요청한 것이다.

연애사에 관심이 많은 수현이는 내 연애의 향방이 궁금한지 또 물었다.

너 이제 어떡하냐. 너 이제 어떡하냐고.

걱정해 주는 척 위로의 말을 던졌다.

헤어졌어. 그 사람들 이미 끝났으니 신경 쓸 것 없는데.

헤어졌어? 정말?

수현이는 서둘러 문자를 끝냈다. 입과 손으로 이 뉴스를 널리 전파하는 게 더 급했을 것이다.

나도 엄마한테 소식을 전해 주었다. 학교 분위기를 알고 가야 할 것 같아서.

학폭위에 올려 징계받도록 하겠다던 엄마는 바람 빠진 풍선처럼 쭈그러져 돌아왔다.

'무슨 말을 듣고 온 거지?'

엄마는 충격으로 드러누웠다. 하루를 끙끙 앓고 나서야 입을 열었다.

"너희 선생님이 뭐란 줄 알아?"

그러더니 엄마는 선생님 목소리를 그대로 흉내 냈다.

"어머니, 지금 학교가 비상 상황인 것 모르세요? 자식 키우는 처지니 아시잖아요. 지금 고3이 얼마나 중요한 시기인지. 어머니도 어머니지만 지금 명석이 부모님도 충격이 엄청나게 커요. 한 번도 1등을 놓치지 않던 애가 고3 중간고사를 망쳤으니 그럴 만도 하죠. 다음 시험에서 1등을 못 하면 S대 의대는 힘들어요. 그러니 학교로서도 걱정이 크죠. 올해 우리 학교 3학년에서 S대 의대에 안정적으로 들어갈 애는 명석이 뿐이었거든요. 그래서 선우랑 사귄다는 거 알고 선생님들도 걱정이 많았어요. 하지만 명석이가 워낙 이성이 강한 애라 크게 흔들리지 않을 것 같았고, 1등 자리를 유지하느라 스트레스가 만만치 않을 텐데, 그 측면에서 나쁘지 않을 거로 생각해 그냥 둔 거였어요."

엄마는 그 지점에서 내레이션을 멈추고 당신 목소리로 말했다.

"공부 잘하는 놈한테 여친은 장난감이나 되는 듯 말하는 거야. 뭐, 스트레스 해소 차원에서 그냥 둔 거라고?"

엄마는 물 한 모금을 마시더니 덧붙였다.

"온통 공부 잘하는 놈 성적에만 관심이 있더라니까. 이번 일을 말하고 학폭위에 올려 징계받게 해야지 않겠냐고 했더니 나를 정신 나간 사람 보듯 하더라고. 학교도, 선생님도 다 그쪽 편인 거야. 돈 있고 백 있는 그들에게 붙은 거지. 한통속이 된 거야."

엄마가 자리에서 일어서자 선생님은 한마디 더 했다고 했다. 다신 둘이 만나는 일 없도록 해 달라고.

치가 떨렸다.

"그래서 내가 말했지. 접근 금지는 내가 하고 싶은 말이라고. 만약에 또 가까이 오면 법원에 정식으로 접근 금지 신청할 거라고 했지."

만나는 일이 없었지만 분위기는 내게 우호적으로 변하지 않았다. 선생님들도 아이들도 나를 전도유망한 남자 인생을 망쳐놓은 애로 보고 왕따를 시켰다. 학교에 가도 누구 하나 말을 걸지 않았고 나도 말을 걸 수 없었다. 집단 괴롭힘은 은근했고 집요했다.

어떻게 할까, 알아보고 다니던 아빠는 절망적인 소식을 가져왔다.

"소송을 걸어도 재판에 참석하지 않는 식으로 나오면 재판이 길어져, 대학 입시에 아무 지장이 없대. 그런 수법으로 문제를 일으키고도 문제없이 대학에 입학해 다니는 애들이 한둘이 아니라고 하더라고."

몇 날 며칠 고민한 끝에 엄마 아빠가 내린 결론은 전학이었다. 조용히 전학 가는 길을 택했다. 그의 부모가 일러 준 해결책, 수습책을 따르게 된 셈이다.

그렇게 난 학교에서 밀려났다. 퇴출당했다. 억울한 선택이었지만 괴물로부터 탈출하려면, 은근한 왕따, 조용히 피를 말려 죽이는 집단 괴롭힘에서 벗어나려면 그 방법밖에 없었다. 물론 엄마 아빠가 그들보다 돈이 있고 백이 있다면 다른 방법을 택했겠지만.

연애하다 애써 들어간 학교를 못 다니고 떠나게 되었으니 최악의 연애이고, 연애 등급으로 쳐도 최악이었다.

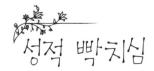

성적 빡치심

다행히 전학 간 학교는 나쁘지 않았다. 전 학교처럼 경쟁이 치열하지 않았다. 조금만 쉬어도 뒤처질 것 같고, 누구든 밟고 올라가야 내가 사는 악어 굴이 아니었다. 그래선지 서로 주고받는 눈길도 부드러웠다. 학업 부담도 덜해 숨통이 트였다.

하지만 머릿속은 자책, 후회, 분노로 엉망진창이었다. 가슴이 두근거리다 불타는 듯 찢어지는 고통이 오고, 그걸 이기지 못해 감정이 폭발하곤 했다. 그때마다 엄마는 말했다.

"어린것이 억울한 일을 당해 화병에 걸린 거야, 화병에."

하지만 엄마 아빠도 힘든 건 마찬가지였다.

"그것들이 말한 게 잊히질 않아. 어쩜 그런 짓을 할 수 있냐 했더니 뭐란 줄 알아? 어린애들이 사귀다 헤어지는 게 다반사인데 우리 아들을 파렴치한으로 몰면 곤란하다. 애초부터 격이 다른데 결혼까지 갈 줄 알았냐? 애들 장난이라 생각해 내버려 둔 거지 안 그랬으면 가만뒀겠냐 이러는 거야."

그러자 아빠가 고함을 빽 질렀다.

"그만 좀 해. 애 앞에서 그런 말까진 할 것 없잖아."

얘기를 꺼내지 않아도 기억까지, 생각까지 지울 순 없었다. 기억과 생각은 내부에서 요동을 치며 날 괴롭혔다. 생각할수록 황당하고 더럽고 분해 화가 치밀었다.

그런데도 아무것도 할 수 없는 상황에 무기력해지고 다시 그 상황에 놓인 듯 불안감에 휩싸였다. 과도하게 심장이 뛰고 가슴이 터질 것 같았다. 누가 나를 죽일 것 같고, 내가 누굴 죽일 것 같은 분노에 휩싸이기도 했다. 그러다 블랙아웃이 된 듯 머릿속이 까매지며 움직이지 못할 만큼 힘이 빠져나갔다.

상담을 받은 정신과 의사는 공황 장애라 했다.

옆에 앉아 있던 엄마가 물었다.

"공황 장애는 연예인이 걸리는 병 아닌가요?"

"일명 연예인 병이라고도 하는데요, 그건 연예인들이 다른 사람보다 더 잘 걸려서 그런 게 아니라 연예인들이 공황 장애가 있다고 커밍아웃을 해서 그렇게 생각하는 거예요. 일반인 들도 많이 걸려요."

"어떻게 해야죠?"

"스트레스 요인을 없애 주고, 마음이 편안해지도록 주변에 서 따뜻하게 챙겨 주어야죠."

두 번째 방문까지 엄마와 난 의사를 속였다. 증상만 말했 지 무슨 일이 있었는지, 원인은 말하지 않았다. 다시 입에 담 고 싶지 않았기 때문이다.

그래서일까. 의사가 처방해 준 약을 먹어도 증상은 호전되 지 않았다.

세 번째 방문 때였다. 엄마는 본전 생각이 났는지 그동안의 일을 의사한테 털어놓았다. 그러자 의사는 병명을 바꿔 '외상 후 스트레스 장애(PTSD)'라고 했다. 그리고 날 보는 눈길이 달라졌다. 단순히 입시 스트레스로 힘들어하는 고등학생으 로 보지 않고 호기심을 드러냈다.

"성적 수치심을 많이 느꼈을 것 같은데, 그렇지?"

"아뇨. 수치스럽지 않았어요. 불쾌하고 어이없고 황당해 열 받았어요. 완전 빡쳤어요."

"그래도 그 상황에선 성적 수치심을 많이 느꼈을 텐데."

의사는 내가 성적 수치심을 느꼈기를 강요했다. 피해자는 으레 그래야 하는 것처럼 피해자다움을 요구했다.

"빡쳤다니까요. 성적 수치심이 아니라 성적 빡치심을 느꼈어요. 내가 왜 수치스러워해야 해요. 수치심은 잘못한 쪽이 느껴야 하는 거 아니에요?"

의사는 엄마한테 고개를 돌리더니 미소를 지으며 말했다.

"따님이 보통이 아닌 것 같아요. 착하게 생겨선. 사춘기라 반항적이기도 하고."

의사는 커피 한 모금으로 진정하더니 말했다.

"하여튼 피해자가 느끼는 감정이나 증상은 여러 가지로 나타날 수 있어요. PTSD는 원래 남자들이 전쟁, 자연 재앙을 겪었을 때 나타나는 불안 장애예요. 그러니까 생명을 위협하는 경험을 했을 때 느낀. 그만큼 심각한 손상을 남긴다는 뜻이죠."

의사는 치료와 회복에 도움이 된다며 자꾸 그 이야기를 하게 했다. 반복적으로 그 상황을 회상하고 묘사하도록 했다.

어느 땐 '위기 개입 치료법'이 도움이 된다며 그 상황을 재구성해 보라고 했다. 그런 상황이 다시 펼쳐지면 어떤 선택을 할 수 있는지.

나는 그를 칼로 찌르고 싶었다. 하지만 의사한테는 조금 순화해서 말했다. 나를 너무 나쁜 애 취급할까 봐서. 나는 학생부 전형에 쓰려고 그가 컴퓨터에 저장해 둔 파일을 모두 삭제하고 휴지통까지 비운 다음 컴퓨터를 때려 부수고 싶다고, 컴퓨터로 그의 얼굴을 내리치고 싶다고, 형체가 으스러져 원형 복원이 불가능한 상태가 될 때까지 깨부수고 싶다고 말했다.

그러자 의사는 환하게 웃더니 이제 좀 카타르시스를 느끼지 않느냐며, 내 얼굴이 훨씬 밝아 보인다고 했다. 내 눈엔 본인 얼굴만 환해 보이는데.

의사는 만족스러운 듯 이 치료법을 계속하면 앞으로 유사한 상황에 닥쳤을 때 잘 대처할 수 있을 거라고 했다.

'내가 아무리 이러고 있어도 그는 조금도 영향 없어요. 잘하는 공부로 원하는 대학 가면 목표를 이루는 거고.'

하고 싶은 말을 꾹 참느라 얼굴이 일그러졌는지 의사가 말했다.

"어느 상황에서건 희망은 있는 거니 그 끈을 잡으려고 노력해야 해. 표정부터 좀 밝게 짓고."

하지만 병원을 나오면서 드는 생각은 늘 똑같았다.

'이게 무슨 도움이 되는 거지? 이미 상황은 종료되었는데. 그 상황에 다시 들어가 상대도 없이 나 혼자 원하는 행동을 해 보는 게 무슨 의미가 있냐고.'

아무도 없는 무대에서 혼자 연기를 하다 내려온 것처럼 허무해지고 속이 빈 깡통 인간이 된 듯 공허했다. 피해자인 내가 왜, 나만 왜 이렇게 괴로워해야 하는지 현타가 왔다. 허튼 짓하고 있다는 자책에 괴로움은 더했다. 이러다 정말 머리가 돌아 버릴 수도 있겠다는 생각도 들었다.

하지만 의사를 믿어 보자며 애걸복걸하는 엄마를 뿌리칠 수 없어 다시 병원에 갔다. 의사는 또 상황을 회상하고, 재구성해 보라고 했다.

"내가 지지해 주고 격려해 줄 테니 원하는 대로 해 봐."

내 머릿속에서 영화 필름이 돌아갔다. 과거 장면에 현재의 장면이 겹치며 장면 전환이 되었다. 영화의 오버랩 기법처럼.

의사가 원하는 것도 그거였다.

내 연기가 서툴렀는지 아니면 그 자체를 즐기고 있는 건지 의사가 능글맞게 웃으며 내게 다가섰다.

"이번엔 나를 명석이 그 애라고 생각하고 해 볼래? 실감 나게 말이야."

그 순간 그가 변태처럼 보였다. 또 다른 범죄자가 되어 상황 속의 나와 지금의 나를 쌍으로 시청하며 즐기는지 모른다는 의심이 든 거다.

"더는 못하겠어요. 그만할래요."

문을 열고 나가자 진료실 밖에서 기다리던 엄마가 의사한테 뛰어 들어갔다.

"왜 그래요? 무슨 일이에요?"

"발작이 온 것 같아요, 발작이. 애가 너무 예민해서."

열린 문틈으로 난 정확히 들었다. 그 말이 욕처럼 들렸다. 그래서 나도 오는 길에 험담했다.

"엄마, 그 의사 아무래도 변태 같아요. 자꾸 그 얘길 하게 하고선 음흉하게 웃고, 거기다 오늘은 자길 명석이로 생각하고 해 보래요."

"정말?"

"그렇다니까요. 상담하고 치료한다고 해 놓고 성적으로 날 갖고 노는지도 몰라요. 정말 기분 더러웠어요."

"의사의 의도는 정확히 모르지만, 네가 그렇게 느꼈다면 이쯤에서 그만두자."

병원행은 그날로 끝이 났다.

새로운 친구

민지는 감정에 부침이 없고 누구에게나 친절했다. 어떻게 그렇게 모두에게 잘해 줄 수 있고, 저울에 단 듯 넘치지도 부족하지도 않게 대할 수 있는지 신기할 정도였다.

여자애들은 물론이고 민지를 좋아하는 남자애가 많았다. 하지만 민지는 이성의 감정을 갖고 접근하는 건 사전 차단, 허락하지 않았다.

"민지 넌 남자에게 관심 없나 봐."

"응, 난 사람에게 관심이 있지 남자에게 특별히 관심 없어."

사춘기의 절정에 있는 여자애 입에서 이런 말이 나오다니 특이했다. 싹트기 시작한 우정에 신뢰가 갔다. 이성에 쉽게 눈

돌아가는 애와의 우정은 언제 끝나도 이상하지 않은 모래성이니까. 좋아하는 남자애가 나타날 때까지 임시, 한시적으로 유지되는 그런 우정에는 힘을 쏟지 않겠다고 맘먹은 터였다.

"남자한테 관심이 없으니 넌 연애 같은 건 안 하겠네?"

"예전에 사귄 적은 있지만 지금은 아냐. 그런 감정 없이 살고 싶어."

때 이른 이 통달은 뭐지? 싶었지만 말을 이어 나갔다.

"그런데 그게 돼?"

"당연히 쉽지 않지. 그래서 노 러브 존에 나가고 있어."

"노 러브 존이라니? 연애 금지 구역? 연애는 노라는 거야?"

"응. 따지고 보면 우리가 꼭 연애를 해야 하는 건 아니잖아. 연애의 불을 끄고 세상을 보고, 살아보자는 거지."

"근데 그게 가능해? 그 모임에 남자도 있어?"

"응, 여럿이야. 고딩부터 이십 대까지."

남자들은 어떻게든 들이대지 못해 안달인 줄 알았는데 그게 아니라는 게 신선하게 다가왔다.

하지만 의심이 더 컸다. 사이비 종교 전도 방식이 생각나서였다. 속이기 위해 처음엔 정체를 밝히지 않고, 인문학 스터디 같은 걸로 지적 욕구를 채워 주다, 웬만큼 넘어온 것 같으면 신, 종교를 들먹이다 교회에 가 보자고 꾀는.

'그렇다면 민지가 위험에 빠진 거 아냐? 늘 그런 소모임이 문제의 시작이잖아.'

민지는 내 흔들리는 표정을 읽었는지 말했다.

"기간을 딱 정한 건 아니지만 어쨌든 연애를 안 하겠다고 마음먹어선지 괜찮은 남자가 나타나도 마음이 흔들리지 않아. 마음의 평화에 도움이 되는 것 같아. 그 모임에선 서로들 편하게 대하고, 평화롭게 지내고 있어. 여성, 남성이라는 성을 의식하지 않고."

"모임은 잘되고 있어?"

"응. 단체 생활에서 연애 감정이 오고 가면 많은 문제가 생기잖아. 단합이 깨지고 그래서 모임 운영도 잘 안되고."

의심과 의혹이 사라지지 않았지만, 적어도 큐피드 화살이 남발되고 금사빠(금방 사랑에 빠지는 사람)들이 넘쳐나는 곳은 아니라는 데 관심이 갔다. 노 러브 존에 발을 담갔다는 건 본능에 맡기지 않고 성적인 에너지를 관리, 조절하려고 노력한다는 거니까.

연애에 데인 뒤라서 그런지 노 러브 존에 관심이 갔다. 이성의 감정을 걷어내자 관계가 편해지고 스스로도 평화로워졌다는 말이 특히 마음에 남았다. 호기심이 생겼다.

'그런데 정말 그게 가능할까? 가능한 일이긴 할까?'

민지는 고민 많은 내 얼굴이 부담되었는지 갑자기 말머리를 돌렸다.

"얘기가 왜 여기까지 흘러왔는지 모르겠네. 내가 사생활을 너무 많이 말한 것 같아. 하여튼 그런 게 있다는 거야. 세상엔 별것이 다 있을 수 있잖아. 그러니 너무 신경 쓰지 마. 아참, 너 국어 숙제 다 했어?"

"자료 수집도 다 못했어."

"우리 자료 공유할래?"

민지는 봉사도 열심히 다녔다. 봉사 점수를 따려고 다니는 게 아니라 봉사에 취해 살았다. 대학 가서는 더 열심히 할 거고, 평생 봉사하면서 사는 게 꿈이라고 했다.

'이런 애가 있다니, 정말 신기해. 봉사도 봉사지만 마음의 중심이 흔들리지 않고 평온한 게 부러워.'

이기적이지 않은, 작지만 뭔가 주변을 위해 좋은 일을 하려고 고민하는 민지를 보면서 노 러브 존이 민지를 이렇게 만든 게 아닐까, 민지를 이렇게 만든 모임이라면 가 봐도 괜찮지 않을까 생각하게 되었다.

하지만 민지는 노 러브 존에 관한 얘기를 다시 꺼내지 않았다. 그 점에 더 신뢰가 갔다.

"민지야, 나도 한번 노 러브 존에 가 보고 싶은데."

내가 먼저 말하고 말았다. 사실 내가 급했다. 내가 이기지 못하는 내부의 소용돌이를 진정시키고 마음의 평화를 얻고 싶었으니까. 일종의 구조 요청 같은 거였다.

민지는 호들갑을 떨지 않고 조용히 말했다.

"그럴래?"

"그런데 한번 가면 못 빠져나오거나 그런 건 아니지?"

"당연하지. 그만두는 건 언제든 자유야."

노 러브 존에 가 보겠다고 하자 엄마는 말했다.

"사이비 종교처럼 이상한 모임 아닐까? 소모임이라는 게 더 위험할 수 있거든. 한창 젊은 애들이 연애를 안 하겠다고 주장하고 나서는 것도 안 믿기고."

엄마는 내가 또 다른 소용돌이에 휘말리는 게 걱정되는지 말했다.

"내 친구, 민지 있잖아."

"중심이 단단하고 순수하고 봉사에 진심이라는 그 애?"

"응. 걔 그 모임 나가더라고. 그리고 언제든 그만둬도 된대."

엄마는 조금 마음이 놓이는지 말했다.

"그럼 한번 가 보던지. 네가 마음의 안정을 찾을 수 있다면 나쁠 게 없잖아. 하지만 조금이라도 이상한 게 느껴지면 당장 그만둬야 해. 알았지?"

노 러브 존

의심, 방어, 철벽을 단단히 장착하고 노 러브 존에 갔다.

노 러브 존은 평범한 건물에서 사무실 하나를 빌려 쓰고 있었다.

사무실에 들어가자마자 벽에 붙은 글귀가 보였다.

연애의 불만 꺼도 새 세상이 보인다.

회원들은 서로를 존이, 존배로 부르고 있었다. 존에 있는 사람은 존이가 되고, 나이와 상관없이 존에 먼저 들어온 이는 존배가 된다고 했다. 좋은 이, 좋은 선배로 들려 호칭은 괜찮은 것 같았다.

노 러브 존 사람들은 새로 온 이의 어색함을 풀어 주려고 챙겨 주고 배려해 주었다. 이성에 대한 사랑만 거뒀을 뿐, 사람에 대한 애정을 장착한 이들처럼 보였다.

고등학생 존이들도 학교에서 보는 애들과는 달랐다. 막무가내로 떠들고 악다구니를 쓰거나 잘났다고 제 말만 앞세우거나 공부로, 성적으로 이기겠다고 이 악물고 제 앞만 챙기지 않았다. 예쁜 척, 멋있는 척을 하지도 않았다.

'같은 나이 애들인데 왜 이렇게 다른 거지? 이 공간이 그렇게 만들었나? 이 애들도 학교 다닐 텐데 여기 와선 잠시 다른 인종이 되는 건가? 착한 마음이 발동하고 선의로 무장되는 건가?'

나이, 종교, 직업, 신분도 다 달랐지만 노 러브 존에선 기죽지 않고 할 말 하는 분위기였다. 민주적이고 평등하게 운영되는 것 같았다.

노 러브 존에 온 이유도 각기 달랐다. 이성에 대한 사랑에서 벗어나 더 큰 세계를 알고 싶어 왔다는 이, 평생 이성을 차단하고 살 건 아니지만 당분간이나마 연애 없이 살고 싶은 이, 연애의 부질없음, 분노, 피로로 지쳐 연애를 쉬고 싶은 이, 연애에 실패한 이, 이성에 인기가 없어 아예 속 편하게 노 러

브 존에 발을 들였다는 이, 단순히 호기심에서 온 이 등 다양
했다.

한창 이성을 찾을 나이에 남녀가 노 러브 존에 모여 색다
른 걸 찾고, 실험을 한다는 것 자체가 새로워 보였다.

내 멘토는 숙이 존배였다. 숙이 존배는 차를 함께 마시며
노 러브 존의 규약을 안내해 주었다.

- 애교 금지, 예쁜 척, 허세 금지, 근육 자랑 금지.
- 여자 여자, 남자 남자 하지 않기.
- 이미지 좋게 보이려고, 호감 얻으려는 인위적인 행동 금지.
- 이성을 헷갈리게 하고, 사로잡으려는 의도 금지.

거기까지 듣다 나도 모르게 튀어나왔다.

"금지하는 게 참 많네요."

"처음에 왔을 때 나도 그 생각이 들었어. 하지만 금지만 있
는 건 아냐. '최대한 이성에 관한 관심을 걷어내고 행동하기'
같은 조항도 있거든."

숙이 존배는 규약이 인쇄된 종이를 훑어 내려갔다.

- 비밀 연애 금지.

"사내 연애 금지 같은 건가요?"

"맞아. 딱 그런 거지."

"하지만 사람인지라 연애하고 싶거나 존이들끼리 사랑에 빠질 수도 있는 거잖아요."

"그때는 자기감정 숨기지 말고 탈퇴하면 돼. 여긴 노 러브 존이면서, 프리 존이야. 언제든 어느 안건에서든 각자 의견을 존중하고 자기 의견에 따라서 행동하면 돼."

- 이성을 유혹하는 페로몬 발사 금지.

풋, 웃음을 터뜨리고 말았다.

"개미가 발사한다는 그 페로몬요?"

"페로몬은 곤충들이 주로 의사소통할 때 분비되는 물질로 알고 있지만, 포유동물도 분비한대. 성적 유인과 교미를 유도하는 역할도 한다더라고. 인간 본능에서 자연스럽게 발현되는 거지만 우리가 그걸 조절해 보자는 거지. 그럼 어떤 세상이 보이고 난 어떤 내가 되는지."

너무 진중해지는 것 같아 장난스럽게 말했다.

"킥킥. 그럼 이 모임에 올 땐 페로몬 향수 같은 거 쓰면 안 되겠네요?"

"페로몬 향수가 있어?"

"네. 섹시 레바도 페로몬 포 우먼이라고. 이건 여자용인데요, 남자용도 있더라고요."

"이름 한번 길다. 킥킥. 어쨌든 안 돼. 본능을 조절해 보자고 모인 건데, 페로몬 향수를 뿌리면 안 되지."

노 러브 존에서는 인문학 스터디를 많이 했다.

내가 처음으로 참여한 스터디는 프로이트 정신 분석이었다. 우리 안에 성적 에너지인 리비도가 있고, 이 본능적인 에너지가 많은 행동과 사고의 동기가 된다는 거. 그리고 그 에너지가 신체 어느 부위에 집중되는가에 따라 구강기, 항문기, 남근기, 잠복기, 리비도가 폭발해 성적 욕구가 강해지고 이성에 대한 관심이 증가하는 사춘기 이후의 생식기로 나뉜다는 것도 알게 되었다.

숙이 존배가 말했다.

"우리가 노 러브 존에 모여서 이런 공부를 하고 활동을 하는 것도 여기 있다고 봐. 동물로 보면 발정기이고, 사람으로 보면 리비도가 충만한 생식기에 있는 우리가 그 본능을 조절해 보자는 거지. 그럼 어떤 세상이 보이고 어느 세계가 다가오는지."

스터디는 그 자체로 지적 욕구를 충족해 주었다. 머리만 아프게 하는 학교 공부가 아니라 머리에 산소를 공급해 주었다.

'이렇게 좋은 공부, 스터디 모임이 전도 수단은 아니겠지?'

그러길 진심으로 바랐다.

이성에 대한 사랑을 거두면 이웃이 보이는 걸까. 존이들은 주변 봉사를 열심히 했다. 이 점에 신뢰가 가고, 진심이길, 결코 가면이 아니길 간절히 바랐다. 작으나마 선의를 베풀며 좋지 않던 기억으로부터 멀어지며 조금씩 평온해지고 있었으니까. 이성에 관한 관심을 덜어내자 몸과 마음이 가벼워지며 정화되는 느낌도 있었다.

천국에서 온 남자

노 러브 존에선 이성에 대해 불을 꺼선지 썸도 질투도 없었다. 적어도 겉으론 그렇게 보였다. 그러자고 모인 사람들이니까. 그래선지 다들 스스로 평화롭고 서로에게도 관대하고 친절했다.

그런데 김 존배가 자꾸 눈에 들어왔다. 집에 와서도 그의 눈빛, 그의 친절이 아른거렸다.

'너무 친절한 사람은 조심해야 해. 특히 남자는.'

의심이 발동하곤 했다.

하지만 내 의심이 허물어질 만큼 그는 선하고 단정했다.

노 러브 존에서는 나이, 종교, 사회적 직책은 관심 사항이 아니었다. 하지만 그가 이십 대 후반으로 노 러브 존에서는 나이가 많은 편이라는 거, 신학을 공부하고 있다는 것 정도는 알게 되었다. 그래선지 유독 신실해 보였다.

특히 그가 이끄는 토론 수업이 좋았다. 그의 말을 듣고 있다 보면 마음속 소용돌이가 잦아들고 잔잔해졌다.

'천국에서 온 남자인가 봐. 세상에 내려가 좋은 일 하고 오라고 신이 내려보낸.'

그러는 사이 2학년이 되었다. 엄마는 다그쳤다.

"이제 그 모임 그만두고 공부에 집중해야 할 때 아냐? 거기 나가면서 안정을 찾은 건 좋지만 그게 다는 아니잖아. 현실은 현실이니까."

공부 얘기, 성적 얘기, 대학 얘기를 하는 것 같아 말했다.

"거기서도 공부, 성적 많이 챙겨 줘. 시험 다가오면 대학생 언니 오빠들이 영어, 수학도 봐 주고, 어떻게 마인드 컨트롤을 해야 하는지도 알려 주고."

김 존배는 밤에 스터디가 끝나면 애들을 번갈아 가며 집에 데려다주었다.

내 차례가 되었다. 나이 차가 많이 나는 남자랑 밤길을 걷는 게 어색했다. 그도 이를 아는지, 아니면 원래 그런 사람인지 내가 의심할 수 있는 말은 하지 않았다. 어색함을 날려 줄

만큼, 이성이라는 생각이 들지 않을 만큼 분위기를 건조하게 이끌었다. 노 러브 존을 이끄는 사람이니까 당연히, 응당 그래야 하기도 했다.

이래서 여자 존이들이 그와 밤길을 걷는 걸 두려워하지 않고, 그가 다른 애를 데려다주는 순번이 되어도 의심하지 않나 싶었다.

남녀 간에도 이렇게 건조하고, 평화로운 관계가 있을 수 있다는 게 새로웠다. 남녀 관계는 좋아하거나 아니면 무관심 둘 중 하나라도 생각해 왔는데.

기말시험이 다가오고 있었다. 학교, 학원에 이어 독서실을 들르고서야 집에 오는 날들이 이어졌다. 날마다 녹초가 되어 돌아왔지만 나만 하는 일도 아니었다. 대한민국 고등학생이면 모두가 하는 일이지만 힘든 건 사실이었다.

학원 수업을 마치고 밤공부하려고 독서실에 들어서는데 뒤에서 누가 날 불렀다.

"선우야?"

뒤돌아보니 김 존배였다.

"시험 다가와 요즘 너무 힘들지?"

여기서 이렇게 따로 만나는 건 의외라는 내 표정을 읽었는지 말했다.

"추울 것 같아서 이것 좀 가져왔어."

그는 무릎 담요와 생수를 내밀었다.

어리둥절했지만 받아들었다. 거절하거나 받지 않으면 분위기가 더 어색해질 것 같아서 말했다.

"고맙습니다."

일부러 한 톤 올려 중성적인 목소리로 명랑하게 말했다. 나이와 직분, 노 러브 존의 이념, 규약을 잊지 말아 달라는 부탁이기도 했다.

"열심히 해."

그는 밤안개 속으로 사라졌다.

'별 뜻은 아닐 거야. 사람을 의심부터 하는 것도 문제잖아. 선의를 선의로 받아들일 줄도 알아야지.'

그날 이후부터 독서실을 나오면 김 존배가 있나 없나부터 살피게 되었다. 다른 뜻이 없을지라도 독서실 앞에서 나이 든 남자가 기다리는 건 부담스러운 일이니까.

'안 왔는데. 다행이야.'

골목길로 꺾어 들어가자 웬 남자가 서 있었다. 까만 어둠 속에서 흰 이빨을 드러내고 웃고 있었다. 내 뒤의 다른 이에게 하는 제스처인가 싶어 뒤를 돌아보았다. 아무도 없었다. 고개를 돌려 다시 그를 보았다. 바지가 열려 있었고, 그의 손이 아랫도리에 가 있었다.

으악, 비명을 지를 때였다.

"뭐 하는 겁니까?"

그의 목소리였다. 뒤를 돌아보니 김 존배가 서 있었다. 이어 남자의 뜀박질 소리가 들렸다.

"이상하게도 와 보고 싶더니 이런 일이."

고마웠다. 하지만 마냥 고맙기만 한 건 아니다. 치한도 남자이고 치한을 막아 준 사람도 남자이고, 나를 해하는 이도 남자이고 나를 지켜 주고 보호해 준 사람도 남자라는 생각에 무기력해지고, 짜증이 났다.

시험을 하루 앞둔 날이다. 좀 쉬려고 휴대 전화를 켰다. 뉴스 제목이 눈에 들어왔다.

여친 구타 · 성폭행 의대생

그냥 넘어갈까 하다가 검색했다.

의대에 재학 중인 A는 여자친구 B씨를 추행하다가 '그만하지 않으면 신고하겠다.'라는 말에 격분해 B씨의 뺨을 여러 차례

때리고 목을 졸랐다. 이어 폭행으로 반항하지 못하는 B씨를 성폭행했다. 그 뒤 A는 '그만 만나자'는 B씨의 말에 화가 난다는 이유로 재차 B씨의 뺨을 때리고 목을 조르는 등 폭행해 전치 2주 정도의 상처를 입혔다. ……

혹시 그 아냐? 재빨리 이 사건을 다룬 다른 뉴스들, 댓글을 검색했다. 나이, 학교, 이름을 알아보려고.

그런데 이겐 웬일인가. 이명석, 그 괴물이었다. 뉴스에서는 A라고 지칭하고 있었지만 분명 그였다. 그 학교에, 그 나이에, 할아버지가 병원장이고, 아버지가 의사인 의대생이 또 있을 리 없으니까.

가슴이 벌렁벌렁 뛰고 호흡이 가빠졌다. 충격은 그것으로 끝나지 않았다.

수사 과정에서 A의 휴대 전화를 디지털 포렌식으로 조사하던 중 또 다른 범죄도 밝혀졌다. 소개팅 앱을 통해 미성년자를 포함한 다수의 여성과 조건 만남을 해 온 증거가 드러났다.

'그가 이런 사람이었다니. 이런 막가파 괴물을 최고로 생각하며 사귀었다니.'

다른 학교로 전학하고, 노 러브 존에 나가며 조금씩 안정을 찾아가던 머릿속이 다시 요동을 쳤다. 과거의 악몽이 되살아나 흙탕물을 뒤집어쓴 듯 뒤죽박죽되었다.

시험지를 받아 보자 글자가 뭉개져 수채화처럼 흐려졌다. 애써 글자를 찾아 읽어도 무슨 말이고 무슨 뜻인지 알 수가 없었다. 당연히 시험 성적은 최악이었다.

'내가 전학 온 것으로 끝난 줄 알았는데 그게 끝이 아니었구나. 내게 피해 주었으면 반성하며 조용히 살 일이지 더러운 짓을 계속했다니.'

'난 괴물이 다 크기 전, 사춘기 괴물의 노란 싹을 본 것뿐이야. 그런데도 그렇게 힘들었는데 다 성장한, 절정기 괴물에게 당한 피해자들은 얼마나 고통이 클까.'

분노가 치밀어 가슴이 두근거리고, 주체하지 못하는 흥분으로 발작했다. 발작으로 과도한 에너지를 쓴 뒤에는 기력을 잃고 불이 나간 전구처럼 블랙아웃이 되어 빨랫감처럼 늘어졌다. 이전 증상이 다시 나타난 거다.

심하게 흔들리는 나를 알아본 건 김 존배였다.

"선우야, 너 요즘 무슨 일 있는 거지?"

노 러브 존에 와서 존배와 전 남친에 대해 이야기한다는 게 영 어색했다. 그건 규약 위반이고 반칙 아닌가.

"......."

"말하고 싶으면 언제든 말해. 어느 땐 털어놓으면 마음이 가벼워지거든. 털어놓는 과정에서 해결책이 찾아지기도 하고."

그런 애와 사귀었다는 게 창피하고 자존심이 상해 말하기 싫었다.

엄마 아빠도 기사를 봤는지, 내 얼굴로 그 기사를 봤다는 걸 알아챘는지 말했다.

"겉으로는 그렇게 멀쩡한 놈이 속은 완전히 썩은 거야. 제가 뭐가 부족하다고 그런 짓을 해."

"내 생각엔 좋은 환경에서 태어나면 좋기만 할 것 같은데 그게 아닌가 봐. 한 범죄자가 돈 많은 집에서 태어나 살기가 너무 힘들었다고 인터뷰한 기사를 본 적 있어. 다 갖춰진 집에서 태어나 살아갈 목표를 찾는 게 너무 힘들었고, 그건 평범한 사람들이 상상하는 이상이라고. 그땐 이해하지 못했는데 이제 조금은 짐작할 수 있을 것 같아."

"그놈을 지금도 사귄다고 생각해 봐. 끔찍하잖아. 지난 일이니 다행이지 뭐야. 선우 너는 네 길만 가면 되는 거야. 그놈이 어떻게 되든 상관없잖아."

하지만 내겐 그렇게 간단한 문제가 아니었다. 악마를 누군가에게 떠넘긴 것 같아 죄책감이 들었다. 그놈에게 먼저 피해를 본 내가 가만있는 건 어째 비겁하다는 생각도 들었다. 무엇보다 지금 엄청 힘들어하고 있을 피해자에게 조금이나마 도움을 주고 싶었다.

'그놈은 앞으로도 계속 그렇게 여자들에게 손해를 끼칠 거야. 그런 놈이 의사가 되면 그 지위를 이용해 더 많은 여자를 농락하고 파멸시킬걸. 그러니 그놈은 의사가 되어선 안 돼. 어떻게든 막아야 해.'

12시까지 독서실에서 공부하고 나왔다. 잘 들어오지 않지만 그래도 꾹 참고 앉아 있긴 했다.

계단을 내려오는데 학원 앞에 김 존배가 서 있었다.

"사무실에서 자료 챙기다가 선우 너 독서실 퇴실 시간 된 것 같아서 나와 봤어. 저번 일도 있고 해서."

이명석 그 괴물로 바짝 날카로워졌던 신경이 좀 누그러졌다. 세상에는 이명석 같은 괴물도 있지만 김 존배처럼 천국에서 온 남자도 있으니까.

그는 천천히 길을 걸으며 말했다.

"요즘은 어때?"

"사실 좀 많이 힘들어요."

그렇게 시작이 되었고, 전에 남친을 사귀었는데, 의대에 간

남친이 뉴스에 나왔다고 말했다. 그는 잠깐 앉았다 가자며 벤치에 앉더니 휴대 전화를 켜고 바로 검색했다.

"그런 일이 있었구나."

김 존배는 내가 구체적으로 이야기하지 않았는데도 그렇게 말했다. 기사의 그와 사귀었으니 어떤 일이 있었는지 훤히 알겠다는, 그림이 그려진다는 뜻인가? 불만이었지만 수정할 방법은 없었다.

"성인지 감수성이 현격히 떨어지는 사람이네. 그런 사람은 의사가 되면 안 될 것 같은데. 막아야 하는 거 아냐? 그런 애가 의사 되면 더 많은 여성이 위험에 노출될 수 있으니까."

"제 고민도 바로 그거예요. 그런 사람은 의사가 되지 못하도록 막아야 해요. 래리 나사르처럼 최악의 악마가 될 수 있으니까."

"래리 나사르?"

"미국 체조 국가 대표팀 주치의였는데요, 30년 동안 국가 대표 체조 선수를 비롯해 일반 환자까지 밝혀진 숫자만 해도 265명을 상습적으로 성폭행, 성추행했대요. 그러니 그런 놈은 의사가 되지 말아야 하는데, 방법이……."

"방법이 없는 건 아냐."

"어떻게요?"

"인터넷 카페에 올리는 거야. 나도 그한테 비슷한 일을 당했다고."

'이 사람이 지금 정신이 있는 거야 없는 거야. 내가 그런 피해를 본 걸 즐기는 거 아냐? 인터넷 커뮤니티에 올리면 단번에 내 신상이 털릴 거고 악성 댓글이 넘쳐날 텐데 나더러 그러라고? 상담해 주는 척하며 내 불행을 즐기고 있는지도 몰라. 전에 그 정신과 의사처럼.'

그동안의 호의, 선의가 의심되었다. 그리고 괜히 말했다는 후회가 밀려왔다.

그는 그런 내 생각까지 읽어냈는지 말했다.

"그런데 인터넷에 올리면 네 신상이 드러날 수 있으니까 그건 내가 할게."

"자기가 당한 게 아닌데 자기 일처럼 글을 올리는 건 사람들을 속이는 거잖아요. 나중에 탄로 나면 네티즌한테 되레 공격받을 수 있고. 또, 그가 마녀사냥을 당했다고 주장해 재판에서 유리해질 수도 있고요."

"피해 당사자가 아니라, 지인이 피해자의 피해 사실을 전달하는 식으로 쓰면 되지."

그는 말로 끝내지 않고 바로 실행에 옮겼다.

글은 순식간에 인터넷을 달구었고, 괴물에게는 더 안 좋은 상황이 되었다. 상습적으로 범행을 저지른 이미지를 얻어 재판에서 불리하게 되었으니까. 우리가 바란 것도 그거였다.

이 일을 하면서 연대 의식이 생겼는지 김 존배에 대한 믿음, 신뢰는 더 커졌다.

'부모 돈과 백으로 유명 변호사를 사 지금 피해자를 엄청 괴롭히고 있을 텐데, 이번 폭로로 피해자가 조금이나마 힘을 얻었을 거야. 숨어 있지 않고 그의 과거를 폭로해 피해자를 마음으로나마 지지해 준 건 잘한 일이야.'

오버런, 혹은 과몰입

정확히 어느 순간 어느 지점이었는지는 모르지만 난 김 존 배가 나를 사랑하고 있다고 믿었다. 이성에게 치고 있던 울타리를 걷어내고 그를 미래의 연인으로 받아들였다. 그것도 이성 간의 사랑이 금지된 노 러브 존에서.

그는 아마도 대학 갈 때까지 날 기다려 줄 거고 그땐 자유롭게 연애하겠다고 마음먹었다. 그는 지금 정말 나를 좋아하고 있으니까. 먼 뒷날이지만 그와 결혼도 할 것이다. 오로지 그를 믿고 그의 아내가 되어, 열심히 돕겠다고 마음먹었다. 나이 많은 그가 나를 좋아하는 것도, 그때까지 나를 기다려 주기도 어려운 일이니 그 공을 노력 봉사로 갚겠다고 다짐했다.

그는 충분히 그럴만한 자격이 있으니까.

내가 바라는 건 그때까지 그가 잘 참아 주는 거다. 그 전에 고백하면 내 마음이 걷잡을 수 없이 흔들릴 거고 감당이 안 될 테니까. 사춘기 소녀의 마음은 이를 데 없이 취약하니까.

그는 잘할 것이다. 감정을 조절할 수 있을 만큼 나이를 먹었고, 믿음이 강한 것 같으니까. 고백하고 싶을 때마다 그는 그가 믿는 신에게 기도할 것이다.

맞다. 그는 요즘 기도를 많이 한다고 했다. 나를 위해서, 자기를 위해서, 마음의 중심이 단단해지도록 도와달라고.

그게 사랑의 고백 아니고 뭐란 말인가. 어린 내게 고백하기 쑥스러워 돌려 말한 걸 거다.

그가 하는 기도는 대학 전까지만 효력이 있으면 좋겠다. 내가 대학에 들어가면 나이 차이가 지금처럼 두드러져 보이지 않을 것이고, 난 자유롭게 연애할 수 있으니까.

'나를 그렇게 좋아하면서 고백도 못 하고 기도나 하면서 기다려야 한다니. 자기 연령대를 사랑했으면 이런 일이 없을 텐데. 어린 나를 사랑해서 인생이 너무 힘들어졌어. 사람이 너무 착해서……'

생각은 꼬리에 꼬리를 물고 이어졌다. 객관적인 근거 없이 내 생각만으로 자가발전된 추측은 믿음이 되었다. 거침없는 내 뇌피셜의 회로 속에서 그는 천국에서 온 남자가 되었다.

천국에서 온 남자가 한없이 애처로워 보였다. 운명처럼 사랑에 빠진, 운명을 거부하지 못하는 그가 안쓰러웠다.

하지만 그의 철통같은 신앙심을 뒤흔든 상대가 나라는 점은 나쁘지 않았다. 그만큼 내게 치명적인 매력이 있다는 말이니까.

가만있어도 가슴이 풍선처럼 부풀어 오르곤 했다. 금방이라도 터져버릴 것처럼. 그를 위해, 사랑을 위해 모든 걸 던져버리고 싶은 감정에 휩싸이곤 했다.

밤이 되면 증상이 더 심해졌다. 밤은 나를 위해 마련된 무대였다. 어둠은 무대에 쳐진 휘장이었고 달빛은 무대를 고즈넉한 분위기로 이끄는 조명 장치이고. 무대에 오른 거침없는 상상력은 달빛 아래서 수많은 사랑 이야기를 만들어냈다.

밤이 화려하고 행복한 사춘기 소녀였다. 원하기만 하면 그와 사랑을 나눌 수 있고, 내 마음대로 사랑하고, 내가 원하는 모습으로 사랑을 키울 수 있으니까. 페로몬인지 리비도인지 암튼 성적 에너지는 내 상상 속에서 활활 타올랐다. 노 러브 존의 규약 같은 건 온데간데없었다. 난 노 러브 존의 배신자, 파괴자임이 틀림없었다.

하지만 아침은 무례했다. 햇살의 거침없는 조명이 밤새 쌓아 올린 사랑의 성을 무너뜨렸으니까. 난 더는 드라마, 판타지의 주인공이 아니었다. 푹 쪄진 찐빵처럼 부풀어 오른, 퉁퉁 부은 얼굴이 거울 속에 있었다. 어서 책가방을 챙겨 학교에 가 온종일 책상에 앉아 있다 학원을 뺑뺑이 도는 여고생일 뿐이었다.

뭐, 그래도 괜찮았다. 낮을 보내고 밤을 기다리기만 하면 되니까. 밤이 되면 나는 또 무대에 올라 그와 사랑의 성을 쌓게 될 테니까.

그러던 어느 날이다. 그가 노 러브 존 단톡방에 글을 올렸다. 길게 말하고 있었지만 한마디로 말하면 그동안 함께할 수 있어서 좋았고, 고맙고, 더 공부하기 위해 유학을 떠난다는 거였다. 충격이었다.

그런데 더 충격적인 건 그다음에 있었다. 그는 떠날 때까지 내게 따로 개인 메시지 하나 남기지 않았다. 그러니까 그에게 난 특별한 사람이 아니었고, 노 러브 존 구성원 중 한 사람이었던 것.

'그렇다면 그동안 내가 느낀 감정은 다 뭐지? 나 혼자 너무 나간 건가?'

망치로 한 방 크게 얻어맞고 비로소 정신이 든 것처럼 현타가 왔다. 그의 친절, 선의를 사랑으로 착각해 나 혼자 판타지를 펼쳤던 거다. 순전히 뇌피셜로 쌓아 올린 로맨스 판타지를.

현타가 오자 그의 선의가 미웠다. 사춘기 소녀의 마음을 흔들어 놓고 헷갈리게 했으니까. 노 러브 존의 규약을 어긴 건 나보다 그가 아닌가. 노 러브 존의 존배는 그 부분까지 챙겼어야 하지 않나.

불만이 일면서도 판타지로 쌓아 올린 구름 위 로맨스 성을 바로 내려오지 못했다.

'그가 나와 사랑에 빠진 건 사실이고, 흔들리는 자신을 다잡기 위해 유학을 떠나기로 한 거야. 멀리 떨어져 있으면서 사랑의 감정을 식힐 필요가 있다고 생각한 거지. 내게 개인 톡 하나 남기지 않고 떠난 것도 다 날 생각해서야. 어린 내가 흔들릴까 봐 그런 거라고. 말 한마디 못 하고 떠나면서 그는 얼마나 마음이 아팠을까…….'

하지만 판타지로 쌓아 올린 성은 취약했다. 해가 뜨면 녹는 눈사람처럼 녹아내렸다. 초라한 흔적만 남긴 채. 그럼 다시 초라한 현실이 견디기 힘들어 판타지 성을 쌓아 올리고. 그런 일이 반복되었다. 내 타고난 성정인지 아니면 사춘기 소녀의 특징인지 몰라도 난 판타지를 썼다 지우길 반복했다. 살아가는 습관처럼, 살아야 할 이유처럼.

이길 수 없는 LOVE DNA

노 러브 존에 발길을 끊자 민지한테서 전화가 왔다. 민지는 왜 안 나오냐 등의 말은 입에 담지 않았다.

"나도 쉬고 싶을 때가 있더라고."

나오라는 말을 돌려 하고 싶은 건가? 노 러브 존의 활동에 심취해 있는 애라고 생각했는데 의외다 싶었다.

"그래?"

"음. 너무 중독된 것 같아서. 요즘 들어 머릿속을 뭔가 새로운 것으로 채우고 싶은 생각도 들고."

그러고는 노 러브 존 소식을 전해 주었다.

"김 존배 떠나고 많이들 아쉬워하고 있어. 열심히 해 온 터라 빈자리가 큰 것 같아."

민지는 건조하게 말했다. 나와 그의 관계를 알지 못하는 것처럼.

하기야, 알 턱이 없을 거다. 연애 중독에 빠져 나 혼자 판타지를 쓴 것일 수 있으니까. 혼자 너무 달리고 너무 나간 오버런, 과몰입의 이야기를.

오랜만에 그한테서 연락이 왔다. 이번에도 개인 메시지가 아닌 단체 메시지였다.

> 다들 잘 있지?

다시 또 현타가 왔다. 내 판타지를 확인 사살하는 말이니까.

'확실히 난 그들 중 한 사람이었네. 그리고 그는 내가 어려웠을 때 그저 날 도운 것뿐인데 그걸 사랑으로 착각했으니. 그동안 내가 뭐한 거야. 누가 알까 싶다. 정신 차려야 해. 이럴 때가 아니라고.'

안개가 걷히며 현실이 보였다. 내가 서 있는 지점이.

'과몰입에 빠져 있던 게임을 삭제하듯 요동치는 감정들을 삭제하고 내 할 일을 해야 해.'

오랜만에 불끈 솟은 의지로 책을 잡았다. 돌아온 탕자가 가족에 미안함을 느끼듯 책에 미안했다. 하지만 책은 아무 일 없는 것처럼 맞아 주고 대해 주었다. 내내 내가 돌아오길 기다리고 있었던 것처럼.

공부할 것은 무궁무진 많았다.

영어는 특히 품이 넓어 그 안에서 할 일이 많았다. 그 넓은 품이 싫기만 했는데, 공부할 게 너무 많아 짜증이 났는데 이젠 그리 싫지 않았다. 얼마든지 허우적거리며 놀도록 허락해 주는 웅덩이처럼 느껴졌다.

수학은 날 겸손하게 만들었다. 안 풀리는 문제, 내가 못 푸는 문제는 내가 서 있는 위치를 알게 해 주니까.

눈앞의 현실에 집중하자 정신이 좀 빠릿빠릿해졌다. 학과 성적을 챙기고 학생부에 들어갈 항목을 챙기다 보면 하루가 짧았다. 대한민국 고등학생의 생활이 다 그렇듯.

'공부가 흔들리는 마음을 잡아 주는 역할을 한다더니 정말 그런 것 같아. 그리고 누굴 좋아하는 감정 없이 사는 지금이 좋아. 마음속이 조용하고 잔잔하고 평화롭잖아.'

학과 성적과 과목 등급을 챙기다 보면, 연애에도 등급이 있다던 수현이 말이 떠올랐다. 날마다 사랑의 편지를 써 주던 동원이와 헤어지고, 명석 선배에게 끌렸던 것도 성적 챙기듯 연애 등급을 챙기려는 욕심이었을까. 얄팍한 계산, 속물근성이 그런 선택을 한 거고, 그 뒤 내가 겪은 일은 다 그에 대한 벌이었나?

하지만 어떤 이유인진 몰라도 동원이에게는 끌리지 않았다. 끌리지 않는데 상대가 순정으로 정성을 쏟는다고 좋아지는 건 아닌 것 같다.

김 존배 부분은 아직도 여전히 안개 속인 듯 선명하지 않다. 판타지를 쓴 것도 순전히 가상 현실이었는지 증강 현실이었는지. 그리고 왜 그랬는지. 자기 속도를 이기지 못한 오버런, 과몰입 부분까지도 내가 통과하고 있는 사춘기 터널의 속성인가?

어쨌든 난 내내 사랑을 찾고, 사랑을 기다렸던 것 같다. 사랑의 스위치를 끄고 켜고 한, 러브 온 앤 오프가 있긴 했지만.

그런데 남녀 관계는 고차 방정식보다 더 어렵고 복잡한 것 같다. 변수가 많으니까. 조물주가 가슴속에 심어 놓은 사랑의 씨앗을 언제, 어떻게 써야 할지 난감하다. 같은 상대라 해도 시기, 시점에 따라 관계, 상황이 달라지니까. 그리고 나 자신도 예측하지 못할 정도로 감정과 심리가 변화무쌍, 복잡다단하니까. 숱한 변수, X가 잠복해 있는 셈이다.

쉽게 환상을 키우고 쉽게 상처받는 내 이 영혼을 어떻게 끌고 가야 할지 모르겠다. 어디까지 울타리를 쳐야 하고, 어느 시점에 마음의 문을 열어야 할지 아주 난감하다.

그렇더라도 사랑 없이는 살 수 없을 것 같다. 사랑 없이 살겠다고 작정하고 찾아간 노 러브 존에서도 그랬던 것처럼 난 세상 어느 귀퉁이에서도 사랑을 찾고 있을 게 분명하다. 그만큼 조물주가 사람의 마음속에 심어 놓은 LOVE DNA는 강렬한 것 같다. 거부할 수도, 이길 수도 없는 것 같다.

오래전 이사하던 날, 묵묵히 플라스틱 물건들을 나르며 이사를 돕던 아홉 살 남자애, 재진이가 떠오른다. LOVE DNA의 존재를 알려 준.

그는 잘 지내고 있을까?

글을 읽고